版画：水野信太郎

クイズで楽しむ啄木101

大室精一
佐藤勝
平山陽

まえがき

啄木短歌の魅力を、老若男女すべての人に楽しく伝えられる本を編集したい。そして、それを手引書にして啄木ゆかりの地を吟遊詩人のように行脚したい、と私は数年前の年賀状に「夢物語」として記しました。そこでは「老若男女」と「楽しく」がキーワードになっています。それは拙著『『一握の砂』『悲しき玩具』―編集による表現―』（おうふう）が、推敲の前後という複雑なテーマに拘り、従来の「定説」を根底から覆す必要があり、研究者向けの緻密な論証に終始してしまったためであります。結果的にその論証は現在学会で認められるに至りましたが、その際に啄木短歌の魅力を「研究者」だけでなく「老若男女」に「楽しく」伝えたいという願望が沸々と湧き起こったという由縁があります。

ところが、私の思い描いていたイメージは池田功著『石川啄木入門』（桜出版）にすでに鮮やかに顕現されていて、本書はその補足本として「クイズで楽しむ」という企画に変更した経緯があります。しかし「老若男女」に「楽しく」啄木の魅力を紹介することは至難のわざであり、啄木文献のスペシャリスト佐藤勝氏、啄木シリーズの脚本家平山陽氏との共同執筆により本書は成立しました。
なお、後藤伸行氏のご厚意により『切り絵　石川啄木の世界』（岩城・後藤共著・ぎょうせい）の美しい切り絵、及び水野信太郎氏による啄木の肖像画で本書を飾ることができました。その効果で華やかさと繊細さが加味され、執筆者一同も感激している次第です。本書により、啄木の愛好者が少しでも増えるなら望外の喜びであります。

〈項目・目次の設定〉

啄木の全体像を網羅するため、「啄木を知るキーワード」を50項目、「啄木名歌鑑賞」を51項目、合計101項目を設定しました。キーワードはさらに【啄木ワールド篇】【作品篇】【盛岡篇】【北海道篇】【東京篇】に区分し、名歌鑑賞は『一握の砂』『悲しき玩具』「歌集外短歌」に区分しました。
目次の設定は、全ての項目において、内容を象徴する「四字熟語」をまず考案し、さらに「啄木を楽しむキーワード50」には短文の見出しを、「啄木を楽しむ名歌鑑賞51」には原則として上二句を記しました。

〔出題の基本方針〕

出題に関しては難易度のバランスに留意しました。その結果、佐藤勝担当の項目は中学生・高校生を念頭に基本的な啄木常識、平山陽担当の項目は学生・若者を念頭にフィーリング重視、大室精一担当の項目は文学愛好者・啄木研究者を念頭に専門的な設問も含む、という基本方針にしました。したがって、大室担当項目の一部には難問・超難問も意識的に含めてあります。

〔歌の表記〕

歌の表記は『一握の砂』『悲しき玩具』とも近藤典彦編（桜出版）に準拠しました。但し、『悲しき玩具』における歌番号だけは、久保田正文編『新編啄木歌集』（岩波書店）に従いました。それは、従来の啄木関連書の歌番号に統一した方が混乱を避けられると判断したためです。（「桜出版」本を参照している皆様は、『悲しき玩具』の場合、その歌番号に「プラス２」すれば従来の歌番号になりますのでご確認ください。）

平成三十一年二月二十日（啄木の誕生日に記す）

大室　精一

【主な参考文献】

・近藤典彦編『一握の砂』・『悲しき玩具』（桜出版）
・池田功『石川啄木入門』（桜出版）
・国際啄木学会編『石川啄木事典』（おうふう）
・岩城之徳『啄木歌集全歌評釈』（筑摩書房）
・上田博『石川啄木歌集　全歌鑑賞』（おうふう）
・望月善次『石川啄木　歌集外短歌評釈Ⅰ』（信山社）
・木股知史ほか『和歌文学大系77　『一握の砂』ほか』（明治書院）
・河野有時『コレクション日本歌人選35　石川啄木』（笠間書院）
・森義真『啄木　ふるさとと人との交わり』（盛岡出版コミュニティー）
・山下多恵子『忘れな草　啄木の女性たち』（未知谷）
・門屋光昭・山本玲子『啄木と明治の盛岡』（川嶋印刷）

※本書は啄木に関わる広範な内容を扱うため、右記以外にも多数の文献を参照・引用しましたが、研究書ではないため逐一の引用文献名は原則として省略致しましたのでご寛恕願います。

クイズで楽しむ啄木101〈目次〉

【作品篇】

【盛岡篇】

啄木を楽しむ名歌鑑賞51

『一握の砂』

第一章　我を愛する歌

第五章　手套を脱ぐ時

『悲しき玩具』

歌集外短歌

啄木を楽しむキーワード50

生誕の地　日戸

啄木雑学 1

〔啄木横顔〕 啄木のプロフィール

出題：大室　精一

啄木は幼少の頃、小柄で糸切り歯がみえ、笑うと右の頬にえくぼができ、肌白でもあった。また、盛岡中学の先輩である①**〈伊東圭一郎・金田一京助・上野広一〉**からは、この②**〈「ふくべっこ！」・「由井正雪！」・「でんぴこ！」〉**と、おでこの広さをからかわれたりもしている。

学業面では「神童」と呼ばれたほどの秀才ではあるが、やがて文学への情熱に魅せられ、

師《し》も友《とも》も知《し》らで責《せ》めにき／謎《なぞ》に似《に》る／わが学業《がくげふ》のおこたりの因《もと》（砂・157）

の歌のように怠学傾向に陥り挫折していくことになる。

体力面においても、例えば渋民村での徴兵検査によれば「③**〈筋骨薄弱・筋骨隆々・筋骨標準〉**で、丙種合格」となり徴集免除という有様であった。自分の才能が認められない苦悩の中で「借金魔」と友人から侮蔑されたこともある。啄木は後に、

何《なに》となく、／自分《じぶん》を④〈俗・嘘・恥〉のかたまりの如《ごと》く思《おも》ひて、／目《め》をばつぶれる。（玩・109）

と自分の性格を分析している。結婚式では花婿不在の醜態をさらし⑤**〈土井晩翠・夏目漱石・佐佐木信綱〉**夫妻に迷惑をかけている。

〔啄木横顔〕 啄木のプロフィール

1の解説：大室 精一

啄木は盛岡中学校の先輩である**〈①金田一京助〉**から**〈②「でんぴこ!」〉**と、おでこの広さをからかわれている。また、頬がゆたかで肌が白く瓢簞に似ていて「ふくべっこ」とも呼ばれていた。身体は小柄で、成人後でも身長五尺二寸二分（約158センチ）、体重十二貫（約45キロ）程であり、渋民村での徴兵検査においては**〈③筋骨薄弱〉**で丙種合格になり徴集免除という有様であった。また、啄木の大言壮語癖は有名であり、

何《なに》となく、／自分《じぶん》を〈④嘘《うそ》〉のかたまりの如《ごと》く思《おも》ひて、／目《め》をばつぶれる。（玩・109）

との反省の歌もあり、与謝野晶子の追悼歌にも、**「啄木が嘘を云ふ時春かぜに吹かる、如くおもひしもわれ」**と詠まれている。

嘘と言えば、花婿不在の結婚式の際には**〈⑤土井晩翠〉**夫妻を欺いて借金したまま欠席、式を設定してくれた仲人や友人たちを激怒させている。

意外な一面では、東京新詩社の演劇会で高村光太郎脚本の「青年画家」に与謝野鉄幹、平出修、植木貞子らと共に出演したりもしている。小説『雲は天才である』の中には**「春まだ浅く月若き／生命《いのち》の森の夜の香に／あくがれ出でて我が魂《たま》の／夢むともなく夢むれば〜」**とあり、作詞も大得意である。

啄木雑学 2

〔啄木家族〕啄木の妻子と三人の姉妹たち

出題：佐藤　勝

渋民村を出た後の啄木の家族は父①〈**石川一禎・堀合忠操・宮崎郁雨**〉と、母・カツ、妹・光子、そして二十歳の時に結婚した妻②〈**房子・節子・晴子**〉である。後に娘の③〈**京子・智恵子・良子**〉が誕生するが、その後に妹の光子は家を出て④〈**ミッションスクール・天台宗の尼僧寮・曹洞宗の本山**〉の寄宿舎に入った。以後の光子は啄木夫婦と居を共にすることはなかった。

啄木には三人の子供が生まれたが、長男の真一は生まれて間もなく死亡した。次女の房江は啄木の死後に生まれた。

さらに啄木の幼少期にさかのぼれば、啄木には妹のほかに二人の姉がいた。長姉・サダ（田村叶と結婚）と次姉・トラ（山本千三郎と結婚）である。

啄木は⑤〈**長姉・次姉・長兄**〉の恋人の弟と仲良しであったことを次のような歌に詠んでいる。

今《いま》は亡《な》き姉《あね》の恋人《こひびと》のおとうとと／なかよくせしを／かなしと思《おも》ふ（砂・169）

と詠んだ⑤〈　〉のサダは明治39年に秋田県小坂町で肺結核のために死亡した。そのころ啄木は盛岡に暮らしていたが生活に困窮してサダの葬式に参列することもできなかった。

〔啄木家族〕

啄木の妻子と三人の姉妹たち

2の解説：佐藤　勝

結婚後の啄木の家族は父〈①石川一禎〉、母・カツ、妹・光子（戸籍上はミツ・後に三浦清一と結婚）、そして妻の〈②節子〉の五人で、間もなく長女の〈③京子〉が誕生した。その後に啄木一家が渋民村を追われるように離れたのを機会に、妹は家族を離れて〈④ミッションスクール〉の寄宿舎に入り、以後、啄木夫婦と共に住むことはなかった。

啄木には三人の子供が生れた。長男の真一は東京で生まれたが生後間もなく死亡した。啄木の死後に生まれた次女の房江は、16歳で肺結核のために神奈川県平塚市の病院で亡くなった。また、啄木には妹のほかに〈⑤長姉〉サダ（田村サダ）と、次姉・トラ（山本トラ）がいた。啄木は特に長姉のサダを慕っていた。サダの恋人の弟と仲良しであったことを詠んだ歌は前に記した。

妹や父母、妻や子供を詠んだ秀歌も多くあるが、ここには、夭折した長男を悼む歌と、すくすくと育っている長女を詠んだ歌を紹介するが、これらの歌に詠まれた哀しみは「啄木日記」に顕著である。

時《とき》として、／■あらん限《かぎ》りの声《こゑ》を出《だ》し、／唱歌《しやうか》をうたふ子《こ》をほめてみる。（玩・160）

夜《よる》おそく／つとめ先《さき》よりかへり来《き》て／今死《いまし》にしてふ児《こ》を抱《だ》けるかな（砂・544）

啄木雑学 3

〔啄木子孫〕

健やかに暮らす啄木の子孫たち

出題：佐藤　勝

啄木は①〈三人・二人・一人〉の子の父親であった。啄木が二十歳の時に長女②〈京子・光子・敬子〉が生まれ、長男の③〈真一・甫・翠江〉は生まれて間もなく病弱で死亡した。そして、啄木の死から二カ月後に生まれた次女④〈房江・孝子・蕗子〉は房州で生まれたことから母の節子が名付けた。

二人の娘たちは、母と共に函館の母の実家（堀合家）に身を寄せたが、翌年（大正2年）5月5日に母は、父の啄木と同じ病で亡くなった。

二人の遺児は母方の祖父母によって養育されて成長して、長女の京子は新聞記者であった須見正雄を石川家に迎えて二児（晴子・玲児）の母親となったが、昭和5年12月6日、急性肺炎のため24歳で死亡した。次女の房江も同年、姉の死後13日にして、姉と同じ病で19年の短い生涯を閉じた。

なお、京子が生んだ二人の遺児は、健やかに成人してそれぞれの家族を育んだ。

すこやかに、／背丈《せたけ》のびゆく子《こ》を見《み》つつ、／■われの日毎《ひごと》にさびしきは何《な》ぞ。（玩・154）

〔啄木子孫〕

健やかに暮らす啄木の子孫たち

3の解説：佐藤　勝

啄木は〈①三人〉の子の父親であった。長女の〈②京子〉が誕生した時には、その喜びの気持ちを日記に綴っている。啄木は20歳という若さで父親となったのである。妻の節子は19歳であった。長男の〈③真一〉が生まれた時は、東京朝日新聞に勤めていたが、喜びもつかの間に虚弱な子は24日後に死亡した。

真白なる大根《だいこん》の根のこゝろよく肥ゆる頃なり男生れぬ（宮崎郁雨宛書簡・明43・10・4）

そして啄木が26歳で亡くなった時に、身ごもっていた妻節子は、その後に、千葉県の房総にて次女〈④房江〉を出産した。二人の遺児を連れて函館の実家を頼ったが、翌年に節子も26歳で死亡。京子は19歳で須見正雄と結婚して石川家を継ぎ二児（晴子・玲児）の母となったが、昭和5年24歳で病没。房江は独身の19歳で同年、姉と同じ病で没した。

京子の遺児晴子は成人して高柳氏に嫁ぎ、玲児も結婚して四児（長女、長男、次男、次女）の父となった。現在は啄木の孫、玲児氏によって真一と名付けられた長男が二児の父となって啄木直系の子孫として一族の束ねとなっている。

孫の玲児氏は、生前に、函館の墓に入るのは自分の代までと語ったことを当時の新聞は伝えている。

啄木雑学 4

〔啄木雅号〕 雅号の由来と変遷

出題：佐藤　勝

「雅号」とは文章を書く人が、自分の本名以外の名前を使用する時に用いる名前をいう。啄木は盛岡中学生の頃から友人たちと一緒に手書きの①**〈爾伎多麻《にぎたま》・盛岡文芸・校友会誌〉**や「三日月」などの回覧雑誌を出した。それらの雑誌には②**〈翠江・樹木・甫〉**などの雅号で作品を載せていた。

また、盛岡中学の短歌同好会「白羊会詠草」の短歌が③**〈「朝日新聞」・「毎日新聞」・「岩手日報」〉**一九〇二年（明35）に載り、続いて「岩手日報」に載った蒲原有明の詩集を評した「『草わかば』を評す」では④**〈翠江・麦羊子・一番星〉**の雅号を用いていたが、明治35年3月11日から「岩手日報」に連載した文芸評論「寸舌語」からは⑤**〈白蘋・白鳥・一握の砂〉**を用いている。

そして、啄木の作品が当時の人気文芸誌であった『明星』に認められるようになった。

「啄木」という雅号を初めて用いたのは、一九〇三年（明36）十二月一日発行の『明星』であり、卯歳十二号の「愁調」と題した五篇の詩の中に「啄木鳥」と題した詩がある。「啄木」の雅号はこの詩題からとったものと思われる。

〔啄木雅号〕

雅号の由来と変遷

4の解説：佐藤　勝

◎「啄木」雅号の由来と変遷　～翠江・麦羊子・白蘋・啄木へ～

「雅号」とは今でいうペンネームのことである。啄木は盛岡中学生の時に、友人と一緒に手書きの回覧雑誌**〈①爾伎多麻〉**や「三日月」という雑誌を発行して**〈②翠江〉**の雅号で載せていたが、盛岡中学の短歌同好会「白羊会詠草」短歌が**〈③「岩手日報」〉**一九〇二年（明35）に載り、同じ「岩手日報」掲載の蒲原有明詩集の書評「『草わかば』を評す」では、**〈④麦羊子〉**を用いている。また、一九〇二年「岩手日報」（明35・3・11）に掲載の文芸評論「寸舌語」からは**〈⑤白蘋〉**を用いていた。

さらに啄木の作品が当時の人気文芸誌『明星』で認められるようになり、「啄木」の雅号も一九〇三年（明36）十二月一日発行の『明星』卯歳十二号の「愁調」と題した五篇の中に「啄木鳥」と題した詩で初めて用いられた。これが「啄木」雅号の誕生であるが、「啄木」の雅号には与謝野鉄幹命名説もある。しかし、それを示す確証は何もない。

また、啄木は他にも「ハノ字」など多くの変名や筆名なども使用している。

啄木雑学 5

〔啄木映画〕

映画館で見た啄木の顔

出題：佐藤　勝

啄木を主人公とした映画はこれまでに4本制作された。第一作目は一九三九年（①〈**昭和・大正・明治**〉11年）の「情熱の詩人啄木〝ふるさと篇〟」で、この時の啄木役は②〈**島耕二・上原謙・鶴田浩二**〉、節子は黒田記代が演じた。また、この映画には「啄木の唄」と「春まだ浅く」の二曲の挿入歌があり、作曲は、③〈**古賀政男・西條八十・藤山一郎**〉であった。

二作目は一九四八年（昭23）の「われ泣きぬれて」で啄木は④〈**佐田啓二・若原雅夫・菅原謙次**〉が、節子は津島恵子が演じた。

三作目は、一九五四年（昭29）の「若き日の啄木　雲は天才である」で、啄木役は⑤〈**岡田英次・高倉健・大川橋蔵**〉が演じ、節子は若山セツ子が演じた。

四作目の「情熱の詩人啄木」は島耕二の監督で本郷功次郎が啄木、中村玉緒が節子を演じた。

ほかに一九四七年（昭22）、「雲は天才である」を山本薩夫の監督、池辺良の啄木、飯野公子の節子で東宝が企画したが、当時のGHQの許可が出ずに没となり、幻の作品となった。

〔啄木映画〕

映画館で見た啄木の顔

5の解説：佐藤　勝

啄木を主人公とした映画は4本制作されている。記念すべき一作目は、熊谷久虎の監督で、一九三九年（**〈①昭和〉**11年）の「情熱の詩人啄木〝ふるさと篇〟」（日活多摩川）。啄木を**〈②島耕二〉**が、節子を黒田記代が演じた。この映画には**〈③古賀政男〉**の作曲で、「啄木の唄」（歌・楠繁夫）と「春まだ浅く」（歌・有島通男）の二曲の挿入歌があって大ヒットした。映画を見た野村胡堂は、啄木役を演じた島耕二を啄木の従兄弟くらいには見えたと感想を書いている。

一九四八年（昭23）の芦原正監督「われ泣きぬれて」（松竹京都）は啄木の役を**〈④若原雅夫〉**が演じ、節子は津島恵子が演じた。

一九五四年（昭29）の中川信夫監督「若き日の啄木　雲は天才である」（新東宝）の啄木役を演じたのは**〈⑤岡田英次〉**、節子役は若山セツ子であった。一九六二年（昭37）の制作で島耕二の監督「情熱の詩人啄木」（大映映画）の啄木役は本郷功次郎、節子役は中村玉緒が演じた。

一九四七年（昭22）、東宝が企画した山本薩夫監督「雲は天才である」は啄木を池辺良、節子を飯野公子が演じる予定だったが、当時のGHQの許可が出ずに没になった幻の映画である。

その他、昭和17年に制作された国策の文化映画「啄木の歌」（理研科学映画・演出・山下武郎・一九四二年・15分・16㎜）などもある。

啄木雑学 6

〔啄木住居〕

幼少から住居転々の啄木

出題：佐藤　勝

啄木誕生の地は岩手県日戸村（現・盛岡市）であるが、寺の住職であった父の転住にともなって渋民村に移ったのは、啄木が①〈一歳・五歳・七歳〉の時であった。小学校を卒業後は盛岡の母方の親戚に寄宿して②〈高等小学校・尋常中学校・盛岡高校〉から盛岡中学校へと通い、住む家も転々とした。

17歳で中学を退学して上京した啄木が住んだのは、③〈文京区・千代田区・大田区〉小日向台だが、この時は④〈受験・病気・事故〉で倒れて帰郷した。

盛岡での結婚後も住居は転々とした。渋民村で「日本一の代用教員」の時は齊藤家の二階に仮住まいであったが、「石をもて」追われるように渋民村を出て⑤〈札幌・函館・釧路〉に移り、札幌、小樽、釧路へと転じた。さらに再び上京してからは文京区内を、赤心館、蓋平館別荘、喜之床、そして終焉の地となる小石川久堅町の借家へと移ることになった。

次の歌は東京で詠まれた歌であるが、定住する家を持てない啄木のせつない心情でもあろう。

父《ちち》のごと秋《あき》はいかめし／母《はは》のごと秋《あき》はなつかし／家持《いへも》たぬ児《こ》に（砂・290）

啄木6雑学

〔啄木住居〕 幼少から住居転々の啄木

6の解説：佐藤　勝

寺に生まれた啄木は**〈①一歳〉**の時に父の転住で渋民村に移った。そして、村の小学校を卒業した9歳の時に両親の元を離れて一人、盛岡の**〈②高等小学校〉**へ通い、17歳で盛岡中学を退学して上京するまでにも寄寓先を転々とした。

東京では**〈③文京区〉**小日向台に住むが、三カ月ほどで**〈④病気〉**に倒れて帰郷した。

父の失職によって盛岡に住み、中学時代から交際していた堀合節子と結婚した。盛岡市に今も残る「啄木新婚の家」は二度目に住んだ処であるが、居を三転して「日本一の代用教員」となって渋民村の齊藤家に身を寄せた。

しかし一年後には「**石をもて**」村を追われて北海道の**〈⑤函館〉**へ向かった。

さらに北海道内を転々としたが、一年足らずで東京へ向かい、再び文京区に住み、下宿や借家を転々として、明治44年8月に終焉の地となる小石川久堅町の借家へと移った。

啄木はここで26歳と2カ月の生涯を閉じた。

たのみつる年《とし》の若《わか》さを数《かぞ》へみて／指《ゆび》を見《み》つめて／旅《たび》がいやになりき（砂・305）

旅《たび》を思《おも》ふ夫《をつと》の心《こころ》！／叱《しか》り、泣《な》く、妻子《つまこ》の心《こころ》！／朝《あさ》の食卓《しょくたく》！（玩・7）

啄木雑学 7

〔女性遍歴〕 様々な啄木の女性たち

出題：佐藤　勝

啄木歌集をひらくといたるところに、さまざまな女性を詠んだ歌が出て来る。それらの多くは妻以外の女性を対象にして詠まれているが、特に、歌集①**〈『悲しき玩具』・『一握の砂』・「呼子と口笛」〉**「忘れがたき人人　二」にまとめた22首の歌はすべて②**〈橘智恵子・堀田秀子・植木貞子〉**を詠んだもので秀歌とされる歌も多い。

ほかにも③**〈文京区・北海道・盛岡中学〉**時代を回想した歌の中には、女性との意味深な歌も多くある。

死《し》にたくはないかと言《い》へば／これ見《み》よと／咽喉《のんど》の痍《きず》を見《み》せし女《をんな》かな（砂・393）

例えば、右は釧路の芸妓④**〈千代・小奴・良子〉**がモデルであるが、ドラマ性があって興味のそそられる歌である。啄木の歌にはこのように、ドラマ性のある歌が多いので、歌と実生活が必ずしも重なるものではない。

かの家《いへ》のかの窓《まど》にこそ／春《はる》の夜《よ》を／秀子《ひでこ》とともに蛙聴《かはづき》きけれ（砂・249）

よりそひて／深夜《しんや》の雪《ゆき》の中《なか》に立《た》つ／女《をんな》の右手《めて》のあたたかさかな（砂・392）

〔女性遍歴〕様々な啄木の女性たち

7の解説：佐藤　勝

啄木の歌集には妻以外の女性を詠んだ歌も多い。特に〈①『一握の砂』〉の中で22首詠まれた〈②**橘智恵子**〉は啄木にとって心のなぐさめとなる女性であったこともわかり、秀歌も多い。

また、〈③**北海道**〉時代の意味深な「**死**《し》**にたくはないかと言**《い》**へば…**」の歌のモデルは釧路の芸妓〈④**小奴**〉で、小奴が書き残した言葉では、啄木から妹になれと言われ親しんだということである。

橘智恵子や小奴については別項目を参照されたい。

ほかにも啄木の歌に詠まれることのなかった女たちも含めて、啄木となんらかのかかわりを持った女性については山下多恵子著『忘れな草　啄木の女性たち』（未知谷）を開くと70余名の名前が挙がってくる。そこには、けっして自分の名前を社会に知られたくないと望んだであろう女性たちの名前もある。なぜなら啄木が一方的にその女性たちの名を書き残したからである。

なお、山下氏の著書は明治という時代を生きた「日本の近代女性史」としても読める貴重な文献である。

その膝《ひざ》**に枕**《まくら》**しつつも／我**《わ》**がこころ／思**《おも》**ひしはみな我**《われ》**のことなり**（砂・402）

わが室《へや》**に女泣**《をんなな》**きしを／小説**《せうせつ》**のなかの事**《こと》**かと／おもひ出**《い》**づる日**《ひ》（砂・413）

啄木雑学 8

〔啄木職歴〕天職は代用教員

出題：佐藤　勝

啄木の職業について、何が本業であったのかと答えるのは難しいことです。

啄木は渋民村尋常小学校の代用教員をしていた時の日記に「(代用教員) これが自分の天職だ」と記していますが、①**〈17歳・20歳・25歳〉**の時に書いた評論②**〈林中書・時代閉塞の現状・草若葉〉**の中で、自分がやりたい仕事は詩人ではなく日本一の③**〈小説家・代用教員・歌人〉**だと記しています。

しかし実際には函館に渡り、代用教員のかたわらに④**〈新聞記者・公務員・鉄道員〉**の仕事に就きました。

以後、札幌、小樽、釧路と新聞社に勤めますが、すべて新聞記者か新聞社内で⑤**〈事務員・校正係・販売員〉**でした。東京朝日新聞社での職種も同じでした。けれど啄木にとっては、いずれの仕事も心から満足のできる職業ではなかったようです。

こころよく／我《われ》にはたらく仕事《しごと》あれ／それを仕遂《しと》げて死《し》なむと思《おも》ふ（砂・20）

京橋《きやうばし》の滝山町《たきやまちやう》の／新聞社《しんぶんしや》／灯《ひ》ともる頃《ころ》のいそがしさかな（砂・489）

〔啄木職歴〕

天職は代用教員

8の解説：佐藤　勝

啄木の職業経験は渋民村と函館では代用教員、北海道と東京の新聞社では校正係と新聞記者の仕事をしている。啄木が本当に就きたかった仕事は啄木自身の中でも変るが〈①**20歳**〉の時に書いた評論〈②**林中書**〉の中で本当に望む仕事、それは日本一の〈③**代用教員**〉だと記している。しかし実際には教員は続けずに北海道へ渡り、主に〈④**新聞記者**〉の仕事に就くことになる。東京でも同じ東京朝日新聞社の〈⑤**校正係**〉であった。だが啄木にとってはいずれの仕事も心から満足のできる職業ではなかったようだ。

啄木の教員観を、戦前の教育家であり、著述家でもあった上田庄三郎などはその著作『青年教師石川啄木』（啓文社・昭11）の中で、教育者としての啄木を高く評価した。上田が評価したのは、啄木の小説『雲は天才である』の中に見られる、児童の自主的行動を促す教育者の考え方に対するものであった。

また、啄木が職場を転々とする行動は、どこか現代人の感覚と似ているが、この感覚は、アメリカ人で日本文学研究者のドナルド・キーン氏の近著『石川啄木』（新潮社）での評価にもつながるものと思われる。

啄木雑学 9

〔啄木受容〕

啄木を愛した人々

出題：大室　精一

はたらけど／はたらけど猶《なほ》わが生活楽《くらしらく》にならざり／ぢつと手《て》を見る（砂・101）

啄木の短歌は時代の変遷と共に幅広い読者を得ているが、まずこの歌が河上肇の①**〈『貧乏物語』・『蟹工船』・『太陽のない街』〉**に紹介されたことによりプロレタリア文学の旗印となる。

ふるさとの山《やま》に向《むか》ひて／②〈見る・聞く・言ふ〉ことなし／ふるさとの山《やま》はありがたきかな（砂・252）

右の歌は啄木歌の中でも最も有名であり、社会の急激な変革による都会志向の中で、一連の望郷歌が「ふるさと」喪失意識の中で着目されることになる。

砂山《すなやま》の砂《すな》に腹這《はらば》ひ／③〈失恋の・初恋の・片恋の〉／いたみを遠《とほ》くおもひ出《い》づる日《ひ》（砂・6）

郷愁と共に幼少期の淡い恋を詠んだ歌も、啄木歌が時代を超えて愛唱される秘密と思われる。

その他、啄木に類似する短歌を多作している④**〈釈迢空・前田夕暮・寺山修司〉**には「**便所より青空見えて啄木忌**」の俳句があり、劇作家の⑤**〈渡辺えり・井上ひさし・鴻上尚史〉**には『泣き虫なまいき石川啄木』があるなど、啄木短歌は今後も愛唱され続けると思われる。

〔啄木受容〕 啄木を愛した人々

9の解説：大室 精一

はたらけど／はたらけど猶《なほ》わが生活《くらし》楽《らく》にならざり／ぢつと手《て》を見る（砂・101）

啄木の短歌は時代の変遷に関わらず常に幅広い読者に支えられているが、河上肇の**〈①『貧乏物語』〉**にこの歌がワーキングプアの典型として紹介されたことにより、プロレタリア文学の旗印として注目されることになる。因みにプロレタリア文学の作品としては他に小林多喜二の『蟹工船』、徳永直の『太陽のない街』なども有名である。

ふるさとの山《やま》に向《むか》ひて／②〈言《い》ふ〉ことなし／ふるさとの山《やま》はありがたきかな（砂・252）

望郷歌も啄木の歌の大きな特色であり、本歌などは百人百様の「ふるさと」を想起させる愛唱歌になっている。

砂山《すなやま》の砂《すな》に腹這《はらば》ひ／③〈初恋《はつこひ》の〉／いたみを遠《とほ》くおもひ出《い》づる日《ひ》（砂・6）

なども常に名歌として挙げられる。

同様に恋愛の歌も多く、啄木の受容では、啄木に傾倒し、類似歌を多作している**〈④寺山修司〉**が有名であり、**「便所より青空見えて啄木忌」**の俳句も面白い。

また、劇作家の**〈⑤井上ひさし〉**の『泣き虫なまいき石川啄木』は、作者自身の人生に重ねての悲哀がテーマになっている。

啄木雑学 10

〔啄木嗜好〕 啄木の好きな食べ物

出題：大室　精一

啄木の妹①**〈光子・京子・房江〉**には『悲しき兄啄木』（初音書房）という本があるが、その中に「兄の我儘は夜、夜中にも②**〈粒あん饅頭・キナコ饅頭・ユベシ饅頭〉**が欲しいと言ひ出すと、きかないで家中を起してしまふのです。」との記述があり、幼少時の性格が偲ばれて興味深い。

啄木は「爾《に》伎《ぎ》多《た》麻《ま》」に自らの「嗜好」を記しているが、「食」の項目では蕎麦と③**〈スイカ・カボチア・メロン〉**の二つを記している。また、④**〈豆金糖・豆銀糖・豆銅糖〉**に関する記述も数箇所に認められ、現在では啄木土産の定番菓子となっている。

しんとして幅広《はばひろ》き街《まち》の／秋《あき》の夜《よ》の／玉蜀黍《たうもろこし》の焼《や》くるにほひよ（砂・339）

啄木歌の中では、札幌の風情を詠んだ玉蜀黍も有名である。また「馬鈴薯」も歌中に頻出するが、すべて「馬鈴薯の花」の淡い美しさを女性のイメージに重ね合わせた表現になっている。

啄木の死後、妻節子は岡山儀七宛の葉書に「房州は仲々あたたかく候、今日売りに参り居候⑤**〈いちご・心太・氷菓子〉**、なき人は食べて死にたし等申し候。」と記している。

〔啄木嗜好〕

啄木の好きな食べ物

10の解説：大室 精一

啄木の妹 **〈①光子〉** の記した『悲しき兄啄木』は、夜中に突然 **〈②ユベシ饅頭〉** が欲しいと言い出し、家中を起してしまうという啄木の我儘な性格を描写していて面白い。

啄木は自らの嗜好を「爾伎多麻《にぎたま》」一の巻（明治34年9月21日）に記しているが、「食」の項目では蕎麦と **〈③カボチア〉**（南瓜《かぼちゃ》）の二つを記している。

また、**〈④豆銀糖〉** に関しては拘りがあるらしく数箇所に記述が認められ、現在では啄木土産の定番となっている。

空家《あきや》に入《い》り／煙草《たばこ》のみたることありき／あはれただ一人居《ひとりゐ》たきばかりに（砂・40）

啄木の煙草好きも有名である。高価な敷島煙草の記述が随所にあり、煙草の歌も多い。節子が語る **〈⑤いちご〉** を食べて死にたいという啄木の心情も哀れである。

ところで、嗜好に関する「爾伎多麻」の記述のうち、「食」以外の項目では「色、うす紫」、「香、バラの香、カステイラノ香」、「音、笛ノ音」、「衣、小倉服」、「本、乱髪《みだれがみ》、万葉、テニソンノ詩（但シコレハ未ダ読マズ）」、「家、ノミノ居ナイ静カナ日本家」、「人、未来ノ石川一君」、「職、非常ニ急ハシキカ又ハ非常ニ楽《ラク》ナ者」、「花、百合ノ花」などと記していて興味深い。

啄木雑学 11

〈借金天才〉啄木「借金メモ」の真意

出題：佐藤　勝

啄木の「借金メモ」が①**〈函館市立図書館・石川啄木記念館・啄木子孫の家〉**に現存する。啄木が多くの人に借金していたことは②**〈嘘・事実・噂〉**です。また、借金を③**〈返せなかった・全額を返した・半分は返した〉**のも事実です。

では、啄木の借金はどれほどの額だったのか。「借金メモ」には下宿代や料亭の飲み代なども含めて総額④**〈一三七二円五〇銭・二五六〇円・一五〇円〉**の金額が記されております。

この金額は今の金額に換算すると、どれほどの額か換算（計算）方法は難しいのですが、ある人は千四百万円、別の人は、約二千五百万円としています。計算の方法が異なるため、このように差が生じているのが現状です。

実務《じつむ》には役《やく》に立《た》たざるうた人《びと》と／我《われ》を見《み》る人《ひと》に／金借《かねか》りにけり（砂・56）

何故《なぜ》かうかとなさけなくなり、／弱《よわ》い心《こころ》を何度《なんど》も叱《しか》り、／金《かね》かりに行《ゆ》く。（玩・71）

〔借金天才〕啄木「借金メモ」の真意

11の解説：佐藤　勝

啄木自身の書いた「借金メモ」が**〈①函館市立図書館〉**に現存する。これで啄木が借金を残したのは**〈②事実〉**とわかります。それを**〈③返せなかった〉**のも事実です。「借金メモ」の総額は**〈④一三七二円五〇銭〉**でした。この額を現代の額に換算する方法は幾つもあります。

池田功著『石川啄木入門』（桜出版・二〇一五年）は「千九百万円くらいに相当」するとして換算の方法などが詳しく記されております。二〇〇一年）で約一四〇〇万円として、啄木は借金を重ねながら自分の生きた時代の証言者として「時代閉塞の現状」などの貴重な作品を残した功績も大きいと記しております。また、近藤典彦氏は『石川啄木事典』（おうふう・

しかし啄木はなぜ「借金メモ」を残したのでしょうか。筆者は、いつかこの人たちに返さなければならないという思いからメモを残したものと思います。なぜなら前掲の歌を読むと啄木は、借金をすることをどのように思っていたかが、よく解るからです。

前述の「**何故《なぜ》かうかとなさけなくなり、…**」の歌の解釈もさまざまですが、弱い人の心に寄り添って味わってみたい歌です。

啄木雑学
12

〔国際啄木〕

国際啄木学会の活動

出題：大室　精一

国際啄木学会は平成元年に設立された。初代会長は啄木の伝記研究を開拓し『石川啄木伝』を著した①**〈岩城之徳・上田博・遊座昭吾〉**氏であり、設立時の会員数は106名であった。会報の創刊号に「国際啄木学会は研究集団として、啄木学の確立を目指すと共に、海外に石川啄木を宣揚することを目的とする。」と設立趣旨が記されている。平成2年に第一回の大会が啄木のふるさとである②**〈東京・盛岡・京都〉**で開催され、翌年に台北大会が開催されている。

「国際」の冠を付している学会の特色として海外での企画も多く、例えば平成20年には③**〈韓国・インドネシア・インド〉**大会が開催され、ニューデリーを訪れている。もちろん国内においても啄木の足跡を辿る盛岡や東京、及び④**〈九州・四国・北海道〉**だけでなく、啄木が実際には訪れたことのない関西・新潟・静岡・茨城・高知などでも大会を開催している。

幾山河《いくやまかは》越えさり行かば寂しさのはてなむ国ぞ今日も旅ゆく

直近では平成30年に、右の歌で有名な歌人である⑤**〈斎藤茂吉・若山牧水・吉井勇〉**研究会との合同大会を宮崎で開催した。

〔国際啄木〕

国際啄木学会の活動

12の解説：大室 精一

国際啄木学会の初代会長は啄木伝記研究の基礎を築いた〈①岩城之徳〉氏である。岩城氏の業績は広範に及ぶが「岩城之徳啄木研究三部作」として『石川啄木伝』『啄木歌集全歌評釈』『啄木全作品解題』（筑摩書房）が特に有名である。

選択肢中の遊座昭吾氏は第二代会長、上田博氏は第三代会長である。啄木のふるさとは〈②盛岡〉である。啄木が少年期を過ごした宝徳寺の横には現在石川啄木記念館があり、啄木の普及活動の拠点になっている。

宝徳寺では啄木の命日に啄木忌の法要が営まれている。

国際啄木学会では海外での大会も多く、例えば平成20年の〈③インド〉大会の他、これまでに台北、ソウル、高雄、インドネシア、シドニー等で大会を開催している。国内においては啄木の足跡を辿る盛岡と東京、及び流離の11か月を過ごした〈④北海道〉だけでなく全国各地で大会を開催していて、直近では、

幾山河越《いくやまかは》えさり行かば寂しさのはてなむ国ぞ今日も旅ゆく
白鳥《しらとり》はかなしからずや空の青海の青にも染まずただよふ

などで有名な〈⑤若山牧水〉研究会との合同大会を平成30年に宮崎で開催している。

啄木雑学 13

〔啄木殿堂〕

石川啄木記念館

出題：平山　陽

石川啄木記念館が故郷・渋民村に開館したのは昭和44年4月13日、啄木59回忌のことであった。『文学探訪　石川啄木記念館』（蒼丘書林）にその設立にあたる村民達の想いのこもった募金活動、資料提供、建設委員会の熱意ある活動、その輪が新聞などを通して全国に広まっていく様子が記されている。生前、啄木に対し、

石《いし》をもて追《お》はるるごとく／ふるさとを出《い》でしかなしみ／消《き》ゆる時《とき》なし（砂・214）

と詠まれる程の対応をしてしまった村民の、謝罪の想いを込めた建設活動であった。

現在の建物は生誕100年を記念して86年に啄木が詩で描いた理想の①**〈家・飛行機・劇場〉**をイメージし建設された。館内には書簡やノート、遺品、写真などが展示されている。建物裏には啄木が暮らした②**〈蓋平館・新婚の家・旧齊藤家〉**と、ゆかりの③**〈渋民尋常小学校・宝徳寺・愛宕神社〉**も復元されており、自由に入ることが出来る。

2023年には啄木をイメージした道の駅が同館付近にオープンすることになった。その計画では遊歩道で周辺が繋がるという。啄木の殿堂として渋民はますます充実するはずだ。

〔啄木殿堂〕石川啄木記念館

13の解説：平山　陽

現在の建物は生誕100年を記念して86年に啄木が詩で描いた理想の〈①家〉をイメージし建設された。館内には書簡やノート、遺品、写真などが展示されている。建物裏には啄木が暮らした〈②旧齊藤家〉と、ゆかりの〈③渋民尋常小学校〉も復元されており、自由に入ることが出来る。

※「家」：啄木最後の詩集ノート「呼子と口笛」（明・44）に直筆で記された一編の詩。この詩の中で啄木は家族との平凡な生活と理想の家について、「**広き階段とバルコンと明るき書斎――**」などと切々と綴っている。

※「旧齊藤家」：明治39年～40年の間に渋民尋常小学校の代用教員となった啄木が二階に住んでいた齊藤佐蔵宅である。この家で啄木は「雲は天才である」や「面影」を書き上げた。教え子たちが訪れ啄木の弾くバイオリンで歌声を響かせた。

※『渋民尋常小学校』：啄木が幼少期に通い、代用教員として教壇に立った場所である。義父・忠操の縁で就任。ストライキを起こして校長を転任させ、辞職させられるまで一年二カ月間「日本一の代用教員」を自負していた。「雲は天才である」はこの時代がモデルとなっている。

（※は【著者注釈】）

啄木雑学
14

〔啄木短歌〕『一握の砂』と『悲しき玩具』

出題：大室　精一

岩城之徳氏の調査によれば、啄木短歌の総歌数は四千百二十四首（『石川啄木全集』第一巻の解題）ということになるが、生前に発表されたのは唯一の歌集『一握の砂』のみである。その『一握の砂』にしても、最初に東雲堂と歌集出版の契約をした際の歌集名は①〈『仕事の後』・『暇ナ時』・『黄草集』〉であり、その後に大幅に追加しながら再編集を試み、一首三行書き、一頁二首の歌集として明治43年12月1日に発行（奥付）されている。

『一握の砂』の歌数は②〈三三一首・四四一首・五五一首〉で、定価は60銭。『一握の砂』の最大の特色は精緻を極めた編集意識にあり、例えば近藤典彦氏は『一握の砂』の初版本で確認しない限り辿り着けない③〈切断の歌・つなぎ歌・連続の歌〉という啄木独自の編集意識を実に百年の時を経て発見している。

また、『悲しき玩具』は啄木の遺稿ノート④〈「続　一握の砂」・「一握の砂以後」・「完　一握の砂」〉を基に土岐哀果が編集を試みているが、晩年の作歌には⑤〈活字の大小・行頭の上下・文字の色分け〉等の特色が認められる。

〈啄木短歌〉

『一握の砂』と『悲しき玩具』

14の解説：大室精一

啄木には『一握の砂』『悲しき玩具』という二つの歌集がある。『一握の砂』は最初に東雲堂と歌集出版の契約をした際の歌集名は〈①『仕事の後』〉であったが、複次の編集段階を経て現在の歌集となった。

『一握の砂』の歌数は〈②五五一首〉、一首三行書き、一頁二首の割り付けを最大の特徴とするが、名取春仙の表紙絵や藪野椋十によるユニークな序文などにも特色がある。精緻を極めた啄木の編集意識は解明の途次にあり、例えば近藤典彦氏の〈③切断の歌〉という理論などは百年の時を経て提唱された新説であり、初版本（東雲堂書店版）に忠実な近藤編『一握の砂』（桜出版）で確認して戴きたい。

『悲しき玩具』は啄木の遺稿ノート〈④「一握の砂以後」〉（四十三年十一月末より）を基に土岐哀果が編集をして、明治45年6月20日に東雲堂書店より刊行された。『一握の砂』と異なる最大の特色は、『悲しき玩具』には句読点が付されているということである。

また、晩年の作（明治44年4月以降）の歌には新たな工夫として〈⑤行頭の上下〉も加味されていて、啄木が歌のリズムの改変に挑み続けていたことがわかる。

啄木雑学 15

〔啄木小説〕売れなかった小説

出題：佐藤　勝

啄木は渋民村で①**〈代用教員・事務員・僧侶の修行〉**をしていた時に小説を書いた。『雲は天才である』（中編）を含めて他にも『葬列』、『漂泊』などの短編作品を書いたが売れなかった。そして、北海道へ渡ったが②**〈小説家・教師・歌人〉**になる夢は捨てられずに北海道での暮らしを棄て、老母と妻子を函館の③**〈友人・親戚・従兄弟〉**である宮崎郁雨に託して上京した。

盛岡中学の先輩である金田一京助と同宿しながら三カ月で『病院の窓』『赤痢』『天鵞絨』『二筋の血』などを一気に書き上げて④**〈森鷗外・与謝野晶子・夏目漱石〉**の斡旋で出版社へも売り込んだが単行本になることはなかった。

その中でただ一作⑤**〈「鳥影」・「赤痢」・「道」〉**が「東京毎日新聞」に連載された。左に掲げた自虐的な歌は当時の啄木の苦悩を如実に伝えている。

くだらない小説《せうせつ》を書《か》きてよろこべる／男《をとこ》憐《あは》れなり／初秋《はつあき》の風《かぜ》（砂・145）

〔啄木小説〕売れなかった小説

15の解説：佐藤　勝

希望に満ちた十代の若い啄木が渋民村で〈①代用教員〉をしていた時に書いた小説『雲は天才である』に登場する村の青年教師は啄木の分身であったと考えられるが、作品の売り込みに失敗して北海道へ渡った。しかし〈②小説家〉になりたいという思いから、一年後には〈③友人〉である宮崎郁雨に妻子と母を託して上京した。

上京後、金田一京助と同宿して書いた原稿を〈④森鷗外〉の紹介で春陽堂へ持ち込んだが、単行本にはならなかった。唯一、〈⑤「鳥影」〉が「東京毎日新聞」に連載（明41・11・1～同12・30）されただけだった。ほかに「道」（『新小説』明43・4月号）や「二筋の血」など、啄木の小説は15篇ほどあるが、短歌をしのぐ作品は書けなかった。

代表作「雲は天才である」は21歳の時に書いた啄木の処女作品。その内容はS村の尋常高等小学校の代用教員、新田耕作（啄木と同じ年齢）が主人公。これは夏目漱石の『坊ちゃん』や島崎藤村の『破戒』を意識して書かれた小説だった。

「我等の一団と彼」は生前未発表の作品だが、新聞社を舞台とする小説で自己や時代への批評目線もあって、啄木の思想の変遷を知る上で興味深い。しかし、前頁にあげた『一握の砂』『悲しき玩具』の歌のほうが私小説的である。

啄木雑学 16

〔詩人啄木〕

『あこがれ』でデビュー

出題：平山　陽

明治38年5月に詩集『あこがれ』を発行して、少年詩人・石川啄木は颯爽と明治の詩壇にデビューした。詩集を発行するために明治37年10月に上京したが、それは啄木にとって節子との結婚を機に文学者として身を立てるためであり、収入を得ることが絶対条件であった。詩集を出版すれば大金が入るものと信じていた。そこで出版実現のためにさまざまな動きに出た。まず、当時既に高名であった①**〈金田一京助・上田敏・若山牧水〉**に「序文」を、与謝野鉄幹に「跋」（※「あとがき」）を依頼した。難航した出版費用の目途もついた或る日、東京市長の②**〈伊藤博文・小池百合子・尾崎行雄〉**を訪問して草稿を手渡したりした。

難航していた出版費用の問題は、噂を聞きつけた同郷の③**〈小田島三兄弟・亀田三兄弟・毛利三兄弟〉**が三百円を出資することで解決した。その『あこがれ』を詩壇の各誌（『帝国文学』『明星』『国史』『太陽』など）が好意的に採り上げ、詩人・石川啄木は文壇にしっかりと名前を刻むことに成功した。しかし、商業的には大失敗に終わり、大金を当てにしていた印税収入はまったく入らなかった。

〔詩人啄木〕『あこがれ』でデビュー

16の解説：平山　陽

明治38年発行の詩集『あこがれ』には高名な〈①上田敏〉の「序詩」や与謝野鉄幹の「跋」が掲載。出版に当たり東京市長の〈②尾崎行雄〉を直接訪ねたが、出版費用の援助や出版先の紹介はなかった。費用は〈③小田島三兄弟〉（嘉兵衛、真平、尚三）の協力で三百円（二百円の説有）の出資を受けることで解決した。

※「上田敏」（一八七四〜一九一六）：詩人・評論家・英文学者。『明星』などに海外の詩の翻訳を載せて話題となる。「象徴詩」の語を最初に使用してロマン派の歌人たちに影響を与えた。ロマン派を目指す啄木には上田の序文は光栄だった。『海潮音』など多数の訳詩集や著作がある。カール・ブッセの「山のあなた」の訳詩は、若山牧水の次の歌の本歌ともなった。

幾山河《いくやまかは》越えさり行かば寂しさのはてなむ国ぞ今日も旅ゆく

※「尾崎行雄」（一八五八〜一九五四）：政治家　啄木が東京市長を訪ねた目的は明らかではない。しかし『あこがれ』には「此書を尾崎行雄氏に献じ併て遥に故郷の山河に捧ぐ」と献辞された。尾崎は後にこの時の啄木との面会を随想にも書いている。

※「小田島三兄弟」：次男の真平が小学校の同級生。尚三が日露戦争に出征する事になった際に啄木と面談して、自分の貯金三百円を渡すことを嘉兵衛に託した。

（※は【著者注釈】）

啄木雑学
17

〔啄木評論〕

思想家としての変遷

出題：大室 精一

はじめて活字になった啄木の評論は「『草わかば』を評す」であり、続いて岩手日報に「寸舌語」「戦雲余録」「渋民村より」等を意欲的に発表している。

この時期の啄木は①**〈天才主義・博愛主義・破滅主義〉**を標榜していて、特にドイツ最大の歌劇作曲家の思想「意志融合の愛」を精神の拠り所とした②**〈「ベートーベンの思想」・「シューベルトの思想」・「ワグネルの思想」〉**は有名である。また、自らの渋民小学校での教育実践を踏まえて③**〈「林中書」・「水中書」・「山中書」〉**というユニークな教育評論も記している。

啄木晩年においては大逆事件との関わりが深くなり、例えば④**〈「平民主義」・「内部生命論」・「時代閉塞の現状」〉**等は強権国家への告発になっている。

啄木は「新しき明日の来るを信ず〜」と悲痛な歌を詠んだが、その視線は現代にまで向いているように思える。

歌論では⑤**〈「亡国の音」・「一利己主義者と友人との対話」・「歌よみに与ふる書」〉**と「歌のいろ〳〵」があるが、両者は共に初版『悲しき玩具』（東雲堂）の巻末に収められている。

〔啄木評論〕

思想家としての変遷

17の解説：大室 精一

啄木は多くの評論を記しているが、その変遷は年代によりかなり複雑である。初期には浪漫主義、啄木の場合は**〈①天才主義〉**と呼ばれたりもしているが、この時期を代表する**〈②「ワグネルの思想」〉**には、若き日の啄木の思想がそのまま表れている。また、渋民小学校での教育実践を踏まえて**〈③「林中書」〉**という教育評論も記している。

その後、北海道漂泊の旅において現実の厳しさに直面し、釧路新聞に連載された評論「卓上一枝」では、天才主義の崩壊を分析している。

さらに、啄木晩年の思想においては大逆事件との関わりが深くなり、例えば**〈④「時代閉塞の現状」〉**には強権国家への反逆精神も認められる。

啄木最晩年の歌論には**〈⑤「一利己主義者と友人との対話」〉**と「歌のいろ〳〵」があり、共に『悲しき玩具』の巻末に収められている。

なお、『石川啄木事典』の近藤典彦氏の解説によれば、啄木の評論の流れは「初期―天才主義の形成」→「天才主義の高揚期」→「天才主義の動揺・崩壊期―自然主義との交錯」→「新生期」→「大逆事件と社会主義の研究前期」→「大逆事件と社会主義の研究後期」→「晩期―大正デモクラシー運動の予見」と詳細に区分されている。

啄木雑学 18

〔啄木書簡〕心にしみ入る啄木の手紙

出題：佐藤　勝

啄木書簡の魅力は受け取った人の心にしみ入るような文章力といえる。筑摩書房版『石川啄木全集第七巻　書簡』に収められている手紙の数は ① 〈五一二通・四一〇通・三五〇通〉。生前は無名に等しい青年で、わずか26歳の若さで亡くなった人の手紙にしては驚くほどの数である。

全集には、明治29年から啄木が亡くなる年の明治 ② 〈45年3月・43年4月・44年10月〉 までの手紙が収録された。これら多くの手紙からは ③ 〈啄木自身・明治天皇・富国強兵〉 の姿とともに、明治という時代の背景が浮かび上がって来る。

書簡の多くは ④ 〈友人・父母・姉妹〉 に宛てたもので、⑤ 〈宮崎郁雨・小沢恒一・若山牧水〉 宛て書簡は現在、函館市立図書館の「啄木文庫」に収められている。以下にあげた歌は、手紙を書くことを喜びとした啄木らしい歌である。

誰《たれ》が見《み》ても／われをなつかしくなるごとき／長《なが》き手紙《てがみ》を書《か》きたき夕《ゆふべ》 （砂・123）

長《なが》き文《ふみ》／三年《みとせ》のうちに三度《みたび》来《き》ぬ／我《われ》の書《か》きしは四度《よたび》にかあらむ （砂・436）

用《よう》もなき文《ふみ》など長《なが》く書《か》きさして／ふと人《ひと》こひし／街《まち》に出《で》てゆく （砂・473）

〔啄木書簡〕

心にしみ入る啄木の手紙

18の解説：佐藤　勝

『石川啄木全集第七巻　書簡』（筑摩書房・一九七九年）に収めた書簡の数は、**〈①五一二通〉**あり、全集には明治29年から明治**〈②45年3月〉**の手紙が収録されている。

これらの手紙からは**〈③啄木自身〉**の暮らしとともに明治という時代の背景もうかがえる。多くは**〈④友人〉**に宛てたもので**〈⑤宮崎郁雨〉**宛ての書簡は現在、函館市立図書館の「啄木文庫」に収められている。

啄木書簡については多くの人がほめている。またその魅力についての研究も行われている。

小田切秀雄は前記の全集の解説に、「どの頁から読みはじめても、いっこうかまわない。啄木について特別な予備知識などもたなくても、啄木のしたしみ深い呼びかけや語り口、相手を前においてのような自由な、活気あるおしゃべり、自分の生活や思考についての立入った告白、また説明、説得、懇願、申しわけ、うったえ——こうしたものを通して、読者はただちにこれらの手紙のなかに入ってゆくことができる」と記した。みごとな紹介文である。啄木の手紙を語るに、右の紹介文にまさる言葉はない。

啄木の手紙の案内書としては、池田功著『啄木の手紙を読む』（新日本出版社）がおすすめである。

啄木雑学
19

〔啄木日記〕

啄木日記の価値

出題：平山　陽

啄木は明治35年の「秋韷笛語」から明治45年「千九百十二年日記」までの日記を13冊のノートなどに書き残している。啄木日記の最大の魅力は読み手を意識したかと思うほどの記述であり、それは文学的価値や人間啄木研究の面に留まらず、明治という時代の動きを知る上でも貴重な資料となっている。

なかでも明治42年4月3日から同年6月16日の「二十日間」の日記は、①**〈独逸語・英語・ローマ字〉**で綴られたもので、文学としての完成度も高く、啄木自身の生活や心情、そして性的な描写なども赤裸々に綴られている。これらの日記を啄木は、自分の死後に②**〈焼却・売却・返却〉**するようにと遺言した。しかし、妻の節子や関係者の思いから今日に残されたが、③**〈公刊・配布・収集〉**されるまでには様々な問題もあった。

これらの日記を読むと一人の人間の成長や挫折、社会の移り変わり、人間関係、心の変遷などのドラマが体験できるという大きな魅力がある。

浅草《あさくさ》の凌雲閣《りょううんかく》のいただきに／腕組《うでく》みし日《ひ》の／長《なが》き日記《にき》かな　（砂・80）

〔啄木日記〕

啄木日記の価値

19の解説：平山　陽

啄木には約10年間にわたる日記がある。特に明治42年の〈①ローマ字〉日記は文学としての評価も高く、多くの人を魅了している。自分の死後に〈②焼却〉するように言い遺したが、妻の節子や周囲の人々の思いで焼却は免れた。しかし日記の〈③公刊〉までには様々な問題があり、一九四八年（昭23）まで待たねばならなかった。（※長浜功著『「啄木日記」公刊過程の真相』社会評論社）

※「ローマ字日記」：ローマ字で書く理由「予は妻を愛してる。愛してるからこそこの日記を読ませたくないのだ、――しかしこれはうそだ！　愛してるのも事実、読ませたくないのも事実だが、この二つは必ずしも関係していない」。この「（妻に）読ませたくない」の部分だけ取り上げる媒体が多く、苦悩する啄木の姿が薄れて真実が伝わり難い現状だ。

※「焼却・公刊」：啄木が生前に自分の「死後は日記を焼却」することを希望していたが、節子をはじめ関係者の思いから函館図書館に非公開で所蔵される事となった。大正15年に友人の丸谷喜一からの焼却要望問題などもあったが、同図書館主事の岡田健蔵が死守した事で守られた。昭和23年石川正雄により公刊が決定された。

（※は【著者注釈】）

啄木雑学
20

〔啄木誕生〕

啄木の誕生と家族

出題：大室　精一

啄木の誕生日は明治18年説もあるが、戸籍上では明治19年2月20日になっている。そして、生誕地の当時の地名は①〈日戸村・渋民村・玉山村〉であり、啄木の誕生時の氏名は②〈石川啄木・石川一・工藤一〉である。父親が住職であったことから啄木は③〈常光寺・宝徳寺・等光寺〉で誕生するが、その寺の宗派は④〈真言宗・天台宗・曹洞宗〉である。

また、啄木にはサダ（田村）・トラ（山本）という二人の姉がいたが、後に妹のミツ（三浦）が生まれる。ミツの証言によれば、長男である啄木は両親から溺愛されていたようである。

当時を回想して啄木は次の歌を残している。

ただ一人《ひとり》の／をとこの子《こ》なる我《われ》はかく育《そだ》てり。／■父母《ちちはは》も悲《かな》しかるらむ。（玩・183）

ところで父親の一禎は、約三千八百首の旧派風の歌稿⑤〈『みだれ柳』・『みだれ葦』・『みだれ桜』〉を残していて、父親の薫陶が幼少年期の啄木に影響を与えた可能性もある。母カツは工藤条作の三女。次兄葛原対月の龍谷寺住職転住に伴い家事手伝いとして入り、そこで一禎と知り合い結ばれている。

〔啄木誕生〕

啄木の誕生と家族

20の解説：大室 精一

啄木誕生の地は当時の岩手県南岩手郡〈①日戸村〉（後の玉山村日戸、現在の盛岡市日戸）であり、誕生時の氏名は〈②工藤一〉である。これは啄木が母の籍に入れられ、「戸主工藤カツ長男私生児 一 明治十九年二月二十日生」として日戸村戸長役場に届けられたためである。しかし明治25年9月3日、石川一禎が工藤カツを妻として入籍したことにより「石川一」と改姓している。

啄木の誕生した寺は〈③常光寺〉であり、その宗派は〈④曹洞宗〉である。因みに青森の野辺地にも常光寺という同名の縁の深い寺がある。

ところで、啄木誕生の翌年（明治20年）に父一禎が、隣村の渋民村（現在の盛岡市渋民）の宝徳寺の住職となり、一家は転住することになる。その宝徳寺の隣に昭和61年5月3日、生誕百年を祝い石川啄木記念館が完成し、付属施設として「齊藤家」と「渋民小学校」などが移設されている。

なお等光寺は、浅草にある土岐善麿の生家であり、啄木の葬儀が営まれた寺である。

各宗派の開祖は曹洞宗が道元、真言宗は空海、天台宗は最澄である。また、父一禎の歌稿は〈⑤『みだれ葦』〉であり、啄木文学への影響も偲ばれる。

啄木雑学
21

〔故郷山河〕 故郷への思い

出題：平山 陽

啄木は住む場所を転々と変えたが、常に心の内には故郷の①〈**渋民村・釧路・函館**〉を思っていた。それは明治45年に東京で亡くなるまで生涯変わることはなかった。そして故郷に向けてたくさんの歌を残した。

やはらかに柳《やなぎ》あをめる／北上《きたかみ》の岸辺《きしべ》目《め》に見《み》ゆ／泣《な》けとごとくに（砂・215）

この歌に詠まれた啄木の故郷は北上川が流れ、その先には男性的な②〈**岩手山・岩木山・八甲田山**〉が聳え立ち、踵を返せば女性的な姫神山を眺めることが出来る。四季折々の変化も美しい自然豊かな土地である。

啄木が幼少年期に暮らしたのは、父・一禎が住職を務めていた宝徳寺である。この寺の六畳の部屋で③〈**閑古鳥・鵯・オウム**〉の声を聞き、中庭の池を眺めながら詩性を高めた。しかし後に、父が宝徳寺の住職の座を罷免されて、その復職運動にも敗れた啄木は「**石《いし》をもて追《お》はるるごとく**」村を後にして再び村の地を踏むことはなかった。明治45年に東京で亡くなる直前も「死ぬ時は渋民村で死にたい」（三浦光子『悲しき兄啄木』）と妹につぶやいたという。

〔故郷山河〕 故郷への思い

21の解説：平山 陽

啄木の心の中には常に故郷の〈①渋民村〉があった。少年期を過ごした宝徳寺の庭に立って〈②岩手山〉の雄姿を眺めたり、裏山から稜線の優しい姫神山を眺めていると、宝徳寺の自室で〈③閑古鳥〉の声を聴いたり池に浮かぶ水草の花を眺めて詩性を高めた日々の気持ちも理解できる。

かにかくに渋民村《しぶたみむら》は恋《こひ》しかり／おもひでの山《やま》／おもひでの川《かは》（砂・210）

※「渋民村」：現在の岩手県盛岡市渋民に啄木は生後一年二カ月（明治20年4月）の時に移り住み、後に「幾万里のこの地球の上で最も自分と関係深い故郷」と綴っている。渋民村は戦後に隣村と合併して「玉山」になり、近年「盛岡市」と合併した。

※「岩手山」：奥羽山脈に属し盛岡北西に聳える。標高二〇三八メートルの成層火山。啄木は岩手山を偲び、以下のような数々の望郷の歌を残している。

岩手山《いはてやま》／秋《あき》はふもとの三方《さんぽう》の／野《の》に満《み》つる虫《むし》を何《なに》と聴《き》くらむ（砂・289）

※「閑古鳥」：「カッコウ」の別名。村を追われた後の啄木は故郷の音として、閑古鳥の声に深い郷愁を抱いた。病床で詠んだ歌は、帰れない故郷への切ない思いを詠んだもの。

いま、夢《ゆめ》に閑古鳥《かんこどり》を聞《き》けり。／■閑古鳥《かんこどり》を忘《わす》れざりしが／■かなしくあるかな（玩・131）

（※は【著者注釈】）

啄木雑学
22

〔盛岡中学〕

文学者、石川啄木の誕生

出題：佐藤　勝

盛岡中学〔現・岩手県立盛岡第一高等学校〕の創立は①〈**明治・大正・昭和**〉13年（一八八〇年）5月で、当初は「公立巌手中學校」として巌手師範学校の中に開校された。後に啄木などが入学した内丸の新校舎竣工は②〈**10年・5年・3年**〉後の一八八五年（明18年）であった。校名は幾度か変更されているが、啄木が入学した時は「岩手県立盛岡尋常中学校」で、翌一八九九年（明32年）4月③〈**岩手県立盛岡中学校・盛岡中学校・岩手県立第一高等学校**〉となった。

啄木入学時の校風は「文武両道」を掲げるにふさわしいもので、特にこの時期には特出した人物を多く輩出している。啄木が高等小学校で見知り、その半生を頼って生きた金田一京助は言語学者として夙に著名だが、同じ先輩の中には④〈**及川古志郎・原　敬・伊東圭一郎**〉〔海軍大臣〕や野村胡堂〔作家〕などもいる。

啄木はこの盛岡中学時代を回想して詠んだ歌を⑤〈**「煙一」・「煙二」・「忘れがたき人人二」**〉と章して歌集『一握の砂』に収めている。

教室《けふしつ》の窓《まど》より遁《に》げて／ただ一人《ひとり》／かの城址《しろあと》に寝《ね》に行《ゆ》きしかな　〔砂・158〕

〔盛岡中学〕文学者、石川啄木の誕生

22の解説：佐藤　勝

現在の岩手県立盛岡第一高等学校の創立は〈①明治〉13年（一八八〇年）の5月で巌手師範学校の中に開校された。啄木などが入学した内丸校舎の竣工は〈②5年〉後の一八八五年（明18年）で、校名変更も幾度かあり、啄木入学時は「岩手県立盛岡尋常中学校」だったが、翌年〈③岩手県立盛岡中学校〉となった。

啄木入学時の校風は「文武両道」を掲げるに相応しく、特出した人物が多く出ているが、特に啄木が入学した時代の前後には金田一京助（言語学者・文化勲章受賞）や野村胡堂のほか、四年先輩に米内光政（首相）、金田一と同期の二年先輩に郷古潔（三菱重工社長）、田子一民（衆議院議長）、野村と同期の一年先輩に板垣征四郎（陸軍大臣）を輩出し、盛中黄金時代と言われている。後輩には山口青邨（俳人）、宮澤賢治（詩人）、森荘已池（直木賞作家）などがいる。

また、盛岡中学はスポーツ界でも活躍し、野球では全国中学（旧制）の三傑と称されていた。先輩の一人である〈④及川古志郎〉に憧れた啄木は、及川と同学年の金田一と親しくなり、雑誌『明星』と出会った。啄木はこの中学時代を回顧した多くの名歌を詠み、歌集『一握の砂』の〈⑤「煙　一」〉の章に収めている。

学校《がくかう》の図書庫《としよぐら》の裏《うら》の秋《あき》の草《くさ》／黄《き》なる花咲《はなさ》きし／今《いま》も名知《なし》らず（砂・167）

啄木雑学 23

〔京助先輩〕生涯友情を貫いた金田一京助

出題：佐藤　勝

金田一京助は明治15年5月5日、①**〈盛岡市・渋民村・東京都〉**に生まれた。啄木と京助の最初の出会いは啄木が②**〈盛岡中学・盛岡高等小学校・渋民中学〉**に入学した時である。以後、啄木と京助の交流は明治45年4月13日、啄木が26歳で亡くなる日まで続いた。

少年時代の金田一の夢は詩歌の世界に生きることであった。が、やがて③**〈アイヌ語・朝鮮語・英語〉**との出会いもあって言語学者への道を歩むことになった。その機会を作った人は啄木であったかも知れない。

啄木が北海道を放浪の果てに上京して金田一の下宿に同宿を始めたのは明治41年5月であった。金田一は④**〈教師・小説家・新聞記者〉**として身を立てようとする啄木を、自分と同じ下宿に住まわせて面倒を見ていたが、⑤**〈下宿代・書籍代・飲食代〉**の滞納が元で二人は別の下宿に移ることになった。転居の資金は金田一の所有する文学関係の書籍を売り払った金であった。

金田一は後にこの時の思いを、文学への未練を断ち切って言語学への道を進む決心をさせたと記している。

〔京助先輩〕

生涯友情を貫いた金田一京助

23の解説：佐藤　勝

金田一京助は明治15年に**〈①盛岡市〉**に生まれた。啄木との出会いは啄木が**〈②盛岡高等小学校〉**に入学した時で、その交流は啄木が亡くなるまで続いた。

金田一は**〈③アイヌ語〉**と出会い言語学者の道へと進んだ。その若き日には、**〈④小説家〉**として身を立てようとする啄木を助けて面倒を見たが、**〈⑤下宿代〉**がとどこおり、二人が下宿を移る資金にしたのは金田一の所有する文学関係の書籍を売り払った金であった。金田一はこの時に言語学へ進む決心をした。

やがてアイヌ語の研究などが認められて、昭和46年11月14日、89歳で没した。

金田一京助という人は啄木の少年時代から死後に於いても「啄木」を支えた人であった。それは京助という人の持つ人間性でもあるが、森義真氏は『啄木　ふるさと人との交わり』の著書の中で、「母性愛に近い愛情で啄木を愛し、育て、支え続けた深い友情に、今更ながら心を打たれる」と記している。また、啄木の処女歌集『一握の砂』には宮崎郁雨と並べて「同国の友文学士花明金田一京助君」に捧ぐ、と記されている。

金田一京助は、明治、大正、昭和の三時代を生きて一九七一年（昭46）11月14日、東京で没した。享年89歳。

啄木雑学 24

〔先輩及川〕

盛岡中学校とユニオン会

出題：平山　陽

後に海軍大臣となった及川古志郎は盛岡中学校の二年上級生だった。啄木は及川の下宿の近くに住む友人の武田善之助を介して及川と出会い、可愛がられた。及川に憧れ海軍を志願し、服装も真似て、裾幅が広くて長い ① 〈ラッパ・ボンタン・半〉 ズボンを穿いて颯爽と歩いた。

それ以上に及川から影響を受けたのは文学的面であった。土井晩翠や与謝野鉄幹、泉鏡花、薄田泣菫などの作品を借りて読んだ。これが後に啄木を文学の道に進ませることになる。

明治34年の ② 〈ストライキ・喧嘩・結婚〉 が原因で英語教師に欠員が出たために授業が遅れた分を補うべく、啄木の提案でユニオンリーダーを自習する集いを始め、「ユニオン会」と名付けた。メンバーは啄木のほかに ③ 〈小沢恒一・金田一京助・土岐哀果〉、伊東圭一郎、小野弘吉、阿部修一郎で、自習後には政治や文学について語り合った。それが後の啄木の評論の質を深めたと言える。ユニオン会は上京した啄木の心の支えであった。しかし、会が全面的に協力した節子との結婚式に啄木が欠席したことから、四人の連名でその生活を糾す書状が送られてきたが、啄木はそれに対して「絶交状」を送って絶縁した。

〔先輩及川〕盛岡中学校とユニオン会

24の解説：平山　陽

啄木は先輩の及川に憧れ、海軍兵の服装を真似た〈①ラッパ〉ズボンを穿いて闊歩した。明治34年の②〈ストライキ〉の後で英語教師に欠員が出たために生じた授業の遅れを補うべく、ユニオンリーダーを自習する集いが啄木の提案で始まった。この集いを「ユニオン会」と名付けた。メンバーは啄木のほかに③〈小沢恒一〉、伊東圭一郎、小野弘吉、阿部修一郎の五人である。

※「ラッパズボン」：二年の五月に夏服を新調。

花散《はなち》れば／先《ま》づ人《ひと》さきに白《しろ》の服着《ふくき》て家出《いへい》づる／我《われ》にてありしか（砂・168）

この歌は恋の芽生えを予感させる歌である。

※「ストライキ」：地元出身者からの嫌がらせで他所から来た教師が退職するため、担任の変更が続くことに不満を持った生徒が校長宅に押し掛けて古教師の退職を迫った。

ストライキ思《おも》ひ出《い》でても／今《いま》は早《は》や我《わ》が血躍《ちをど》らず／ひそかに淋《さび》し（砂・171）

※「小沢恒一」：ユニオン会のメンバーで卒業後も交友を持っていたが、啄木の素行不良に対し他の三人と共に連名で啄木の行動を諫める手紙を送った。しかし、啄木から「絶交状」が送られて来て絶縁状態となった。なお、半世紀後の昭和25年に阿部、伊東、小沢の四人は絶交取り消し宣言を行った。小野弘吉は東京の農科大学三年生の時に急逝している。（※は【著者注釈】）

啄木雑学 25

〔岩手日報〕啄木ふるさとの新聞社

出題：大室 精一

「岩手日報」の創刊号は「巖手新聞誌」として出発するが、「日進新聞」と改題し、さらに「巖手新聞」として再スタートしている。この「巖手新聞」の名物記者の一人が、後に啄木を朝日新聞の校正係として採用した東京朝日新聞草創期の名編集長①〈**白石義郎・小林寅吉・佐藤真一**〉であった。啄木は岩手日報に詠草や書評、及び評論などを発表するが、最後の掲載は28回にわたって掲載された多彩なテーマの②〈**「百回通信」・「卓上一枝」・「小樽のかたみ」**〉となる。

岩手日報では以前、各年度において顕著と認められた研究業績に対し「啄木賞」と③〈**「白秋賞」・「賢治賞」・「光太郎賞」**〉という表彰を実施していた。「啄木賞」の最初は昭和61年に岩城之徳氏が受賞していて、第15回（平成12年）の「啄木賞」は佐藤勝氏の④〈**『石川啄木文献書誌集大成』・『啄木秀歌』・『啄木短歌論考　抒情の軌跡』**〉であったが、残念なことに現在は表彰を実施していない。

岩手日報の啄木に関する出版物は多いが、伊東圭一郎著の復刻版は⑤〈**『啄木うたの風景〜碑でたどる足跡〜』・『人間啄木』・『啄木賢治の肖像』**〉である。

〔岩手日報〕

啄木ふるさとの新聞社

25の解説：大室 精一

啄木を東京朝日新聞に採用した名編集長と言えば〈①**佐藤真一**〉であるが、その人物がかつて岩手日報の名物記者であったことには深い由縁を感じてならない。

啄木は、その岩手日報に詠草や書評、及び評論などを長期にわたり合計で113回も掲載しているが、最後の掲載は政治・経済・外交・教育問題など多彩なテーマを扱った〈②**「百回通信」**〉ということになる。

岩手日報による表彰として「啄木賞」と〈③**「賢治賞」**〉があったが、第一回の「啄木賞」は岩城之徳氏の『啄木全歌評釈』と『石川啄木伝』（共に筑摩書房）であり、後の啄木研究の礎になっている。また、第15回の「啄木賞」は佐藤勝氏による膨大で詳細な文献目録〈④**『石川啄木文献書誌集大成』**〉（武蔵野書房）である。

また、岩手日報には啄木に関する出版物も多く、伊東圭一郎著の復刻版である〈⑤**『人間啄木』**〉は永年にわたるベストセラーになっている。

選択肢中の『啄木うたの風景〜碑でたどる足跡〜』は小山田泰裕著の貴重なガイドブックであり、『啄木賢治の肖像』は阿部友衣子氏と志田澄子氏の共著であり、両著は共に岩手日報に連載した記事を愛読者の期待に応えて書籍化したものである。

啄木雑学 26

〔函館流離〕

北海道流離のはじまり

出題：大室 精一

「石《いし》をもて追《お》はるるごとく」故郷を後にした啄木と妹の光子は明治40年5月、函館移住のため青函連絡船①**〈摩周丸・石狩丸・陸奥丸〉**で津軽海峡を渡る。その時の思い出は、

船《ふね》に酔《ゑ》ひてやさしくなれる／いもうとの眼見《めみ》ゆ／津軽《つがる》の海《うみ》を思《おも》へば（砂・309）

と詠まれている。

函館港に着いた啄木を迎えてくれたのは白鯨のペンネームを持つ②**〈並木武雄・岩崎正・松岡政之助〉**である。同じ文学仲間である吉野章三（白村）の世話で③**〈弥生・八雲・青柳〉**尋常小学校に代用教員として勤務することになり、そこで橘智恵子、高橋すゑ等の女教師と交流し、

死《し》ぬまでに一度会《いちどあ》はむと／言《い》ひやらば／君《きみ》もかすかにうなづくらむか（砂・432）

あはれかの／眼鏡《めがね》の縁《ふち》をさびしげに光《ひか》らせてゐし／女教師《をんなけうし》よ（砂・313）

のような名歌を後に詠んでいる。啄木は代用教員をしながら遊軍記者として④**〈函館東西・函館日日・函館中央〉**新聞社にも勤務したが、8月25日の⑤**〈大地震・大火事・大津波〉**によって、9月13日に札幌に向かう。ここから流離の旅が始まることになる。

〔函館流離〕

北海道流離のはじまり

26の解説：大室 精一

故郷を追われた啄木は妹の光子と共に青函連絡船〈①陸奥丸〉で津軽海峡を渡る。函館港で啄木を迎えてくれたのは苜蓿社《ぼくしゅくしゃ》の同人で白鯨のペンネームを持つ〈②岩崎正〉であった。岩崎白鯨（正）の歌で、

百日《もゝか》見ぬ君ゆゑこの日わが前にいませどされど猶おもふ君

は、啄木が「其歌最も情熱に富み」と評している。因みに選択肢中の並木武雄は翡翠、松岡政之助は蕗堂というペンネームである。苜蓿社の文学仲間である吉野章三（白村）の世話で〈③弥生〉尋常小学校に代用教員として勤務した啄木は、そこで橘智恵子と運命的な出会いをする。

啄木は代用教員をしながら遊軍記者として〈④函館日日〉新聞社にも勤務し、妻節子や娘京子、それに母カツも函館に迎え、久しぶりに家族団欒での生活が始まった。ところが、明治40年8月25日に函館で〈⑤大火事〉が発生し、焼失戸数一二三九〇、焼失者・負傷者は千人を超える大惨事となってしまった。啄木も職を失い札幌に向かうことになり、ここから流離の旅が始まることになる。

函館《はこだて》のかの焼跡《やけあと》を去《さ》りし夜《よ》の／こころ残《のこ》りを／今《いま》も残《のこ》しつ（砂・422）

この歌は、その時の悲惨さを回想した歌として有名である。

啄木雑学 27

〔函館歌壇〕

文学仲間との交流

出題：大室　精一

明治39年に函館で誕生した文学結社である苜蓿社の雑誌の名は①〈**白苜蓿・青苜蓿・紅苜蓿**〉である。啄木は同人の松岡露堂（政之助）の求めにより創刊号に「鹿角の国を憶ふ歌」を寄稿していて、その縁で渡函することになった。啄木は苜蓿社の人々と生涯にわたり親交を結んだが、特に宮崎郁雨（大四郎）との縁は深く、『一握の砂』の序文（献辞）には、もう一人の恩人である金田一京助と並び感謝の念を記している。郁雨の記した②〈**『函館の人』・『函館の砂』・『函館の海』**〉には、苜蓿社設立当時の経緯などが詳細に説明されている。

苜蓿社は流人のペンネームを持つ③〈**大島経男・野口英吉・岩崎正**〉が事実上の指導者であり、雑誌の第一冊から第五冊までの主筆となっていたが、第六冊以降は啄木が編集を担当することになり、雑誌名の読みを④〈**べにぼくしゅく・べにまごやし・れつどくろばあ**〉と改めている。そして第七冊には主人公の後藤肇に自分自身の姿を投影した小説⑤〈**『漂泊』・『二筋の血』・『紅筆だより』**〉を掲載していたりして、ふるさとを追われた啄木が再び文学に情熱を傾けることになる。

〔函館歌壇〕

文学仲間との交流

27の解説：大室精一

函館で誕生した苜蓿社の雑誌の名称は〈①紅苜蓿《べにまごやし》〉であり、この雑誌の存在と同人達との交流が啄木の人生を大きく変えていくことになる。なかでも宮崎郁雨（大四郎）に対しては『一握の砂』の献辞に「函館なる郁雨宮崎大四郎君　同国の友文学士花明金田一京助君　この集を両君に捧ぐ。」と記されている程である。

大川《おほかは》の水《みづ》の面《おもて》を見《み》るごとに／郁雨《いくう》よ／君《きみ》のなやみを思《おも》ふ（砂・327）

啄木が右の歌のように表現した、その郁雨の著〈②『函館の砂』〉には、「啄木の歌に拾う」「啄木雑記帳」の各項目に、親友としての一面だけでなく、その後の交友の複雑な心情が偲ばれてならない。

苜蓿社は流人のペンネームを持つ〈③大島経男〉が事実上の指導者であり、啄木が後に尊敬の念を表現した人物である。

とるに足《た》らぬ男《をとこ》と思《おも》へと言《い》ふごとく／山《やま》に入《い》りにき／神《かみ》のごとき友《とも》（砂・324）

その大島流人が雑誌「紅苜蓿」の第一冊から第五冊までの主筆となっていた。しかし、第六冊以降は啄木が編集を担当することになり、雑誌名の読みを〈④れつどくろばあ〉と改め、第七冊には小説〈⑤『漂泊』〉を掲載している。

啄木雑学 28

〔宮崎郁雨〕啄木を支えた友

出題：平山　陽

宮崎郁雨は石川啄木一家を生前も死後も支えた人である。二人の交友は明治40年5月に啄木が函館の文芸結社「苜蓿社」を頼って渡道した時から始まった。啄木の函館での生活は、本書の26項「函館流離」・27項「函館歌壇」に記した通りである。

郁雨は明治41年の啄木①**〈上京・帰郷・出版〉**の際に、函館に残された啄木の家族を支え、東京の啄木にも金銭的な援助もした。明治42年10月には啄木の妻・節子の妹②**〈貞子・さめ・ふき子〉**と結婚して義理の兄弟となった。郁雨の支えに感謝して歌集『一握の砂』前文に「函館なる郁雨宮崎大四郎君」と名前を挙げデジケートしている。だが、明治44年9月に郁雨が節子に送った一通の手紙に誤解が生じて啄木は絶交を宣言した。これが後に③**〈不愉快な事件・愉快な出来事・不快な事実〉**と呼ばれる事件である。

残念ながら二人の関係は修復されないまま、啄木は翌年明治45年4月13日に死去した。郁雨はその後、岡田健蔵らと共に「石川啄木一族の墓」を建立したり、「啄木文庫」の設立に尽力したりして、昭和37年に死去した。郁雨・宮崎大四郎の墓は啄木の墓の隣りに建立されている。

〔宮崎郁雨〕 **啄木を支えた友**

28の解説：平山　陽

宮崎郁雨は啄木にとって親友であった。明治41年の最後の〈①**上京**〉の際に妻子と母を託し、東京での暮らしの援助も受け続けた。

そして啄木の妻・節子の妹〈②**ふき子**〉と結婚して義兄弟となった郁雨であったが、明治44年9月、節子に送った手紙に激怒した（三浦光子著『兄啄木の思い出』理論社）啄木は絶交を宣言した。このことは〈③**不愉快な事件**〉と呼ばれている。

※「**上京**」：明治41年4月から明治45年に亡くなるまでの上京を指す。郁雨は家族に函館の家を借り、度重なる啄木からの借金の申し出にも応じて金銭的な援助も続けた。

※「**ふき子**」：節子の妹。堀合家の次女。啄木夫婦の出会ったころは二人の間に入り仲を取り持ったりもしたが、啄木のことは生涯赦さず、郁雨が主催する啄木関連の行事などに、一切関わることはなかったと言われている。

※「**不愉快な事件**」：戦後、啄木の妹・光子が自著『悲しき兄啄木』（初音書房）などに書いたことから大きな騒ぎとなった。光子は郁雨から節子への手紙による啄木との義絶は「節子との不貞」が原因だと主張した。しかし、正確な証言などもなく、真相は謎のままだ。また、節子の「家出事件」から続く問題が原因という説などもある。

（※は【著者注釈】）

啄木雑学
29

〔大森砂浜〕

函館で散策した砂浜

出題：大室　精一

故郷を追われ函館の①〈**青柳町・東浜町・若松町**〉に住んだ啄木がしばしば散策した場所が大森浜である。大森浜は啄木にとっては特別な場所になっていて、『一握の砂』では大森浜をイメージしていると思われる「砂山十首」が冒頭に置かれているほどである。

後に上京した啄木が「函館日日新聞」に連載した②〈**「空中書」・「汗に濡れつゝ」・「所謂今度の事」**〉にも、「海と云ふと、矢張第一に思出されるのは大森浜である。」との記述があり、流離の人生のスタート地点として思い出深かったことが偲ばれる。

『一握の砂』には「砂山十首」以外にも多くの歌がよまれている。例えば、

③〈**大波の・海鳥の・しらなみの**〉寄《よ》せて騒《さわ》げる／函館《はこだて》の大森浜《おほもりはま》に／思《おも》ひしことども（砂・318）

潮《しほ》かをる北《きた》の浜辺《はまべ》の／砂山《すなやま》の④〈**かの浜薔薇よ・かの浜木綿よ・かの浜椿よ**〉／今年《ことし》も咲《さ》けるや（砂・304）

等が有名である。特に「**潮《しほ》かをる北《きた》の浜辺《はまべ》の〜**」の歌は、砂山近くの啄木小公園にある⑤〈**高村光太郎・本郷新・荻原守衛**〉制作の啄木坐像の台座に刻まれていて印象深い。

〔大森砂浜〕 **函館で散策した砂浜**

29の解説：大室 精一

「**石《いし》をもて**」故郷を追われた啄木が移住したのが函館の〈**①青柳町**〉であり、しばしば散策した場所が大森浜である。後に回想して次のような歌を残している。

函館《はこだて》の青柳町《あをやぎちやう》こそかなしけれ／友《とも》の恋歌《こひうた》／矢《や》ぐるまの花《はな》（砂・315）

明治42年に上京した啄木が「函館日日新聞」に連載した随筆〈**②「汗に濡れつゝ」**〉には「海といふと予の胸には函館の大森浜が浮ぶ。」との記述等も認められる。

〈**③しらなみの**〉**寄《よ》せて騒《さわ》げる／函館《はこだて》の大森浜《おほもりはま》に／思《おも》ひしことども**（砂・318）

「大森浜」の地名は右の歌にも詠まれていて、函館は北海道11か月に及ぶ流離の人生のスタート地点として啄木には特別な意味を持つことになる。そして、それは『一握の砂』冒頭を飾る「砂山十首」の世界にも連なるように思われる。

ところで、その砂山の景は、例えば次の歌にも詠まれている。

潮《しほ》かをる北《きた》の浜辺《はまべ》の／砂山《すなやま》の〈**④かの浜薔薇《はまなす》よ**〉／**今年《ことし》も咲《さ》けるや**（砂・304）

この歌は現在、函館市日の出町の啄木小公園にある〈**⑤本郷新**〉制作による啄木坐像（昭和33年10月建立）の台座に刻まれていて印象深い。

啄木雑学
30

〔札幌流離〕

札幌の秋風かなし

出題：佐藤　勝

啄木が初めて札幌を訪ねたのは ① 〈一八八六・一九〇七・一九一二〉年（明40）9月14日の午後であった。そして早速に就職先の ② 〈北海道新聞・北門新報・札幌新聞〉に「秋風記」として入社の辞を書いた。札幌は「美しき北の都なり。（略） ③ 〈アカシヤ・ナナカマド・紅葉〉の並木を騒がせ、ポプラの葉を裏返して吹く風の冷たさ。札幌は秋風の国なり、木立の市《まち》なり。」と綴っている。

札幌は ④ 〈一八六九・一九〇三・一九一〇〉（明2）年に北海道開拓使の直轄地となった。その後も数回の変遷を経て、自治体 ⑤ 〈札幌区・中央区・北区〉としての独立は一九九九年（明32）、市政の施行は一九二二年（大11）である。しかし北海道庁が設置されたのは早くて一八八六年（明19）である。

啄木が訪れた頃の札幌は人口増加の一途をたどる北海道の大都市であった。啄木はこの街が気に入ったが、自らの進展をもとめて滞在することわずか14日にして、小樽へと転じて行った。

アカシヤの街樾《なみき》にポプラに／秋《あき》の風《かぜ》／吹《ふ》くがかなしと日記《にき》に残《のこ》れり（砂・338）

〔札幌流離〕

札幌の秋風かなし

30の解説：佐藤　勝

啄木は〈①一九〇七〉年（明40）9月14日に初めて札幌の街に降り立った。そして、4日後の〈②北門新報〉に「秋風記」と題して「美しき北の都なり。（略）〈③アカシヤ〉の並木を騒がせ、ポプラの葉を裏返して吹く風の冷たさ。札幌は秋風の国なり」と綴った。

札幌が〈④一八六九〉（明2）年に北海道開拓使の直轄地となり、数回の変遷を経て〈⑤札幌区〉として独立した自治体となったのは一九九九年（明32）であり、市政の施行は一九二二年（大11）である。

函館の大火によって失職した啄木は友人の向井永太郎や松岡政之助を頼って北門新報の校正係の職を得たが、同社の記者で岩手県宮古出身の小国露堂から小樽の新聞へ記者として移ることをすすめられる。当時の札幌は函館の大火で移り住んだ人や北海道の中心的都市化への人口増加に追いつかないほどの住宅不足に陥っていた。その影響は啄木の私生活の上でも顕著で、松岡と同室で起居することも不満となっていた。

札幌を詠んだ啄木の歌も事実であるが、友人宛の手紙や日記には不満もつづられている。啄木の札幌滞在はわずか14日であった。

しんとして幅広《はばひろ》き街《まち》の／秋《あき》の夜《よ》の／玉蜀黍《たうもろこし》の焼《や》くるにほひよ（砂・339）

啄木雑学
31

〔橘智恵子〕情熱的な22首の恋歌

出題：大室　精一

　啄木はふるさとを追われ明治40年の5月に函館に移住し、友人吉野白村の世話で函館区立①〈渋民・弥生・篠木〉尋常小学校に代用教員として勤務する。そこで女教師の橘智恵子と運命的な出会いをすることになる。啄木は、その時の印象を「ローマ字日記」に「智恵子さん！　なんといい名前だろう！　あのしとやかな、そして軽やかな、いかにも若い女らしい歩きぶり！　さわやかな声！」と記している。その智恵子への淡い慕情は後に宝石のような結晶となり『一握の砂』に22首の歌群として収められることになる。その中の代表歌を2首挙げる。

世《よ》の中《なか》の明《あか》るさのみを吸《す》ふごとき／②〈黒き瞳の・か細き肩の・広き額の〉／今《いま》も目《め》にあり（砂・419）

石狩《いしかり》の都《みやこ》の外《そと》の／君《きみ》が家《いへ》／③〈蜜柑の花の・李の花の・林檎の花の〉散《ち》りてやあらむ（砂・435）

　智恵子に関する歌々は④〈我を愛する歌・忘れがたき人人・手套を脱ぐ時〉の章の「二」に配列されている。その智恵子は後に牧場主である⑤〈北村謹・上野広一・狐崎嘉助〉と結婚している。

〔橘智恵子〕 情熱的な22首の恋歌

31の解説：大室 精一

ふるさとを追われた啄木は函館に移住し、吉野白村の世話で函館区立**〈①弥生〉**尋常小学校の代用教員となるが、そこで運命的な出会いをするのが橘智恵子である。

智恵子への恋慕の情は22首の宝石のような恋歌となっている。その中から4首を挙げる。

世《よ》の中《なか》の明《あか》るさのみを吸《す》ふごとき／〈②黒《くろ》き瞳《ひとみ》の〉／今《いま》も目《め》にあり（砂・419）

石狩《いしかり》の都《みやこ》の外《そと》の／君《きみ》が家《いへ》／〈③林檎《りんご》の花《はな》の〉散《ち》りてやあらむ（砂・435）

死《し》ぬまでに一度《いちど》会《あ》はむと／言《い》ひやらば／君《きみ》もかすかにうなづくらむか（砂・432）

わかれ来《き》て年《とし》を重《かさ》ねて／年《とし》ごとに恋《こひ》しくなれる／君《きみ》にしあるかな（砂・434）

ところで、『一握の砂』の**〈④忘れがたき人人〉**の章は二つに分かれていて、「忘れがたき人人 一」は北海道流離の思い出を函館→札幌→小樽→釧路の順に並べている。「忘れがたき人人 二」には橘智恵子への慕情歌22首を収めている。

智恵子は牧場主である**〈⑤北村謹〉**と結婚するが、自分の歌々を含む『一握の砂』を啄木から贈られ大切に保存していた。

選択肢中の上野広一は花婿不在の結婚式の仲人、狐崎嘉助は中学時代のカンニングの協力者である。

啄木雑学
32

〔小樽流離〕小樽は、かなしき町か

出題：佐藤　勝

北海道の地図を広げると小樽は①〈西部・北部・東部〉海岸の中央にある。かつてはニシン②〈会館・御殿・工場〉も建つほどのニシンの漁業で賑わった小樽であるが、啄木が新設された③〈小樽新聞・小樽タイムス・小樽日報〉記者として着任した当時の小樽は、北海道と本州の物資の輸送にとても重要な拠点となっており人口も急激に増加していた。また、街並みも新しくて道路は次々と造られるが、整備までの余裕はないという状態であった。

住民の気風を啄木は、小樽人の特色は物への「執着心の無いことだ」と記している。

小樽には啄木の④〈次姉・妹・長姉〉トラの夫が小樽駅長として勤めていたこともあって何度か訪ねているが、自分の住む町として見た感想はどのようなものであったか。啄木の本音を知るには難しいところであるが、左の歌には⑤〈北海道・札幌・小樽〉の町の第一印象が詠まれている。

かなしきは小樽《をたる》の町《まち》よ／歌《うた》ふことなき人人《ひとびと》の／声《こゑ》の荒《あら》さよ　（砂・342）

〔小樽流離〕 小樽は、かなしき町か

32の解説：佐藤　勝

小樽は北海道**〈①西部〉**海岸の中央に位置していて、ニシン漁業の盛んな時代には**〈②御殿〉**も建つほどの勢いであった。

啄木は新設された**〈③小樽日報〉**記者として着任した。小樽には**〈④次姉〉**トラの夫が小樽駅長をしていたので以前にも何度か訪ねている。

左記の歌は**〈⑤小樽〉**の第一印象を詠んだ歌である。

かなしきは小樽《をたる》の町《まち》よ／歌《うた》ふことなき人人《ひとびと》の／声《こゑ》の荒《あら》さよ（砂・342）

この歌について、木股知史氏は「歌はざる小樽人」と解釈して（小樽の人々を）「悲しんだ歌」とする岩城之徳氏とは別に、上田博氏のような上の句と下の句を二句切れの構造で読むこともできるが「深読み」のきらいはある、と指摘した上で、「かなし」は啄木が「小樽の町」の中に残されている自身の残影を詠んだのである、という上田説を認めている。

小樽市民の感情は別にして、純粋に啄木短歌の解釈を求めるなら、読者は岩城説か上田説か、それとも新しい解釈があるかをイメージすることも楽しい鑑賞になる。

子《こ》を負《お》ひて／雪《ゆき》の吹《ふ》き入《い》る停車場《ていしやば》に／われ見送《みおく》りし妻《つま》の眉《まゆ》かな（砂・361）

啄木雑学 33

〈野口雨情〉啄木と雨情の出会いと別れ

出題：佐藤　勝

♪「青い目をしたお人形は／アメリカ生まれのセルロイド（略）」

右の詩は野口雨情が作詞した①〈「青い目をしたお人形」・「赤い靴」・「十五夜お月さん」〉の始めの部分です。

啄木と雨情が初めて会ったのは明治41年秋の②〈札幌・函館・小樽〉でした。二人はすぐに旧知のように親しくなって共に新設の③〈札幌新聞・小樽日報・北海タイムス〉に勤めることになりました。そして間もなく④〈雨情・露堂・事務長〉が呼びかけた社内の改革に啄木は賛同したが、後に改革の件は口実であり、その発端は雨情の私怨にあることを知って啄木は雨情と決別したのです。

その後に二人が会うことはありませんでした。それは⑤〈啄木・雨情・節子〉があまりにも早く亡くなったからです。

また、東京に居た啄木が某新聞の死亡欄で「野口氏、死す」の記事を読んで「野口君の思出」と題した追悼文を書いたが、これは後に誤報と判明して活字にはなりませんでした。

〔野口雨情〕

啄木と雨情の出会いと別れ

33の解説：佐藤　勝

野口雨情作詞〈①「青い目をしたお人形」〉は今日でも歌い継がれている童謡である。雨情は明治15年に茨城県磯原に生まれた。

啄木と雨情の出会いは、明治41年秋の〈②札幌〉である。二人は間もなく小樽に新設された〈③小樽日報〉に勤めた。その新聞社で〈④雨情〉が呼びかけた社内改革に啄木も賛同したが、後に改革は口実で、事実は私怨にあったことを知って啄木は雨情と決別をした。

しかし、翌年の春、北海道を去る前に啄木が雨情を訪ねて東京での再会を約したことなども「啄木日記」に書かれている。が、その後、二人が東京で会うことはなかった。それは〈⑤啄木〉が26歳の若さで亡くなったからである。

啄木に遅れること数年にして上京した雨情は、童謡や流行歌の作詞で有名な詩人となった。啄木についても「小樽の想い出」など何篇かの随想などを書いているが、その文章には多くの記憶違いや誇張された箇所があった。そのことは戦後に公刊された「啄木日記」によって明らかになっている。けれども何故か平成30年の現在も「雨情評伝」の執筆者たちは、雨情の記憶違いや誇張を正してはいない。これも、「雨情と啄木」関係の不思議な謎である。

啄木雑学
34

〔釧路流離〕

釧路での啄木

出題：平山　陽

さいはての駅《えき》に下《お》り立《た》ち／雪《ゆき》あかり／さびしき町《まち》にあゆみ入《い》りにき（砂・383）

明治41年1月に小樽を離れて、啄木は釧路の生活に入った。ライバル誌「北東新報」を一蹴せんと期待を寄せられ、①〈釧路新聞・朝日新聞・函館日日新聞〉に月給25円で三面主任としての入社であった。夜具の襟が自分の吐く息で真白に凍り、顔を洗うシャボンの箱が手に喰い付くほどの寒さに驚きながらも、釧路新聞の紙上に詩歌の投稿欄「釧路詞壇」と政治評論の「雲間寸観」のコラム欄を設けた。さらに釧路の粋界の裏話を「紅筆便り」という欄に掲載し始めたことで、釧路の料亭などに出入りし、芸妓とも親しくなる。鹿島屋の市子や鶤寅の②〈智恵子・小奴・光子〉などと親交を深めた。特に鶤寅の〈②　〉とのロマンスは啄木の死後も語り継がれた。

その一方、釧路笠井病院に勤務する看護婦③〈梅川操・菅原芳子・堀田秀子〉に思いを寄せられたりもしたが、その頃、中央の文壇には自然主義運動の隆盛を思わせる兆しがあった。

啄木の心は東京へと向いていた。「啄木釧路を去るべし、正に去るべし」（日記明治41年3月28日）と決意して夜逃げも同然に酒田川丸に乗って釧路を離れた。

〔釧路流離〕 釧路での啄木

34の解説：平山 陽

明治41年1月、小樽を離れて**〈①釧路新聞〉**に入社した。釧路の粋界の話を「紅筆便り」に書き始めた事で鶤寅《しゃもとら》の芸妓**〈②小奴〉**などと親交を深めた。その一方で釧路笠井病院の看護婦**〈③梅川操〉**に思いを寄せられたりもした。次の歌の本当のモデルは誰なのであろうか。

きしきしと寒《さむ》さに踏《ふ》めば板軋《いたきし》む／かへりの廊下《らうか》の／不意《ふい》のくちづけ（砂・401）

啄木は「釧路詞壇」にも、変名を使って自ら歌を幾首も載せている。

※**「釧路新聞」**：小樽日報の社長も兼任する白石義郎が啄木を三面主任（実際は編集長格）として迎え入れ、社説・文芸・社会面で筆を執った。現在、釧路市が保管する釧路新聞の啄木が書いた部分は切り抜かれている。後の研究者の仕業と思われる。が、地元の研究者北畠立朴氏によって記事が読めるように復元された。

※**「小奴」**：本名・坪ジン。釧路新聞社時代に親密であった芸妓で恋人だったとの説もある。**「小奴《こやつこ》といひし女《をんな》の／やはらかき／耳朶《みみたぼ》なども忘《わす》れがたかり」**（砂・391）の歌は有名である。

※**「梅川操」**：友人と啄木を交際させようとしている間に自分が思いを寄せる。しかし自室に長く居座ったりする彼女を啄木は善しとしなかった。しかし、梅川は終世自分を「啄木の恋人である」と言い続けたと言われている。

（※は【著者注釈】）

啄木雑学
35

〔明星飛翔〕

明治の詩歌に輝く明星

出題：大室　精一

　与謝野鉄幹・晶子を中心に一時代を築いた『明星』は①〈**東京新詩社・硯友社・苜蓿社**〉の機関誌であり明治33年に創刊。旧習を打破した進歩的な思想・形式・趣味に著名な文学者も続々と参加し、森鷗外・馬場孤蝶・島崎藤村の他、啄木の処女詩集『あこがれ』に序詩「啄木」を寄せた『海潮音』の②〈**蒲原有明・薄田泣菫・上田敏**〉等も加わっている。

　この『明星』に初めて掲載された啄木の歌は③〈**「父母のあまり過ぎたる愛育にかく風狂の児となりしかな」・「血に染めし歌をわが世のなごりにてさすらひここに野にさけぶ秋」・「夕川に葦は枯れたり血にまどふ民の叫びのなど悲しきや」**〉であり、この一首が啄木の運命を文学に急接近させていくことになる。

　また女流歌人の活躍も目覚ましく、例えば『明星』誌上で華々しく活躍した福井県小浜の生まれで「白百合の君」と呼ばれた④〈**与謝野晶子・山川登美子・増田雅子**〉は、三人での合著『恋衣』を刊行し評判となっている。啄木を初め多くの若者を熱狂させた『明星』ではあるが、明治41年に⑤〈**五十号・八十号・百号**〉をもって終刊（第一次）となる。

〔明星飛翔〕

明治の詩歌に輝く明星

35の解説：大室 精一

与謝野鉄幹・晶子を中心に明治時代の詩歌史に一時代を築いた『明星』は**〈①東京新詩社〉**の機関誌である。鉄幹は伝統和歌の革新をめざし、落合直文のあさ香社から分れて東京新詩社を結成。そして『明星』は晶子の『みだれ髪』によって礎を確立し、前頁掲載者以外にも窪田空穂・高村光太郎・相馬御風・吉井勇・北原白秋・木下杢太郎・啄木などが加わっていく。

選択肢中の硯友社は尾崎紅葉・山田美妙らの結社、苜蓿社は啄木が函館時代に交流を深めた結社である。

啄木の処女詩集『あこがれ』に序詩「啄木」を寄せたのは『海潮音』で有名な**〈②上田敏〉**であり、『明星』に初めて掲載された啄木の歌と言えば**〈③「血に染めし歌をわが世のなごりにてさすらひここに野にさけぶ秋」〉**である。

「父母のあまり過ぎたる〜」の歌は歌稿ノート『暇ナ時』（明治41年6月25日）、「夕川に**葦は枯れたり〜**」の歌は「白羊会歌会草稿」（明治35年）である。

さらに、晶子と共に『明星』で華々しく活躍した福井生まれの女流歌人と言えば**〈④山川登美子〉**である。明治の短歌史に豪華絢爛を極めた『明星』ではあるが、明治41年に**〈⑤百号〉**をもって終刊（第一次）することになる。

啄木雑学
36

〔師匠鉄幹〕
啄木詩歌を支え続けた人

出題：大室　精一

鉄幹の本名は寛で、父は浄土真宗西本願寺派の与謝野礼厳《れいごん》。七歳の時に一家は寺を追われ、諸国を転々とすることになるが、落合直文の主催するあさ香社で研鑽に努め明治32年に①〈**竹柏会・車前草社・東京新詩社**〉を設立、翌年には『明星』を創刊して妻晶子と共に一時代を築いた。代表歌集に②〈**『東西南北』・『心の花』・『あらたま』**〉がある。鉄幹の作風はダイナミックであり、例えば詩歌集『紫』の中には、次のような情熱的な歌も多い。

われ男の子意気の子名の子③〈**ナイフ・つるぎ・宇宙**〉の子詩の子恋の子あゝ悶《もだ》えの子

また、鉄幹を誹謗中傷する④〈**文壇色魔鏡・文壇恥魔鏡・文壇照魔鏡**〉という異様な出版物が出回ったこともあるが、鉄幹は次のような意気軒昂な歌で対応している。

われ一つ石を投ぐれば十《とを》の谷百の洞《ひゃく　ほら》あり鳴り出でにけり

鉄幹晶子夫妻を描いた小説は多く⑤〈**佐藤春夫・渡辺淳一・永畑道子**〉の著『君も雛罌粟《コクリコ》我も雛罌粟《コクリコ》』なども有名である。鉄幹は詩集『あこがれ』に跋文を寄せるなど、啄木を物心両面から支え続けたが、啄木の葬儀には外遊中のため出られなかった。

〔師匠鉄幹〕

啄木詩歌を支え続けた人

36の解説：大室 精一

落合直文主催のあさ香社で研鑽に努めた鉄幹は、明治32年に〈①東京新詩社〉を設立し、翌年に『明星』を創刊する。選択肢中にある竹柏会は佐佐木信綱、車前草社は尾上柴舟の文学結社である。

鉄幹の代表歌集は〈②『東西南北』〉であり、妻の晶子と共に啄木の人生に大きな影響を与え続けることになった。

鉄幹は、次のように雄大でユニークな歌に特徴がある。

われ男の子意気の子名の子〈③つるぎ〉の子詩の子恋の子あゝ悶《もだ》えの子

一方、出る杭は打たれるの諺のように、明治の短歌史に一時代を築いた鉄幹には誹謗中傷も多く、〈④文壇照魔鏡〉という異様な出版物も出回ったことがある。

鉄幹晶子の小説は多く、例えば〈⑤渡辺淳一〉の『君も雛罌粟《コクリコ》我も雛罌粟《コクリコ》』は与謝野鉄幹・晶子夫妻の生涯を辿っていて、上巻は「歌の師・鉄幹に恋こがれ、世間の常識に抗し、ついに妻の座を勝とった情熱の歌人・晶子」の誕生、下巻は「名声が逆転しながら、なお妻の才を認める鉄幹。葛藤の末、夫婦がたどり着いた晩年の愛の形」がテーマになっている。

なお、選択肢中の佐藤春夫『晶子曼陀羅』、永畑道子『鉄幹と晶子　詩の革命』も名著である。

啄木雑学 37

〔晶子模倣〕啄木憧れのスーパースター

出題：大室 精一

与謝野晶子の旧姓は ① **〈山川晶子・鳳志よう・増田晶〉** であり、大阪府堺市の ② **〈越後屋・信濃屋・駿河屋〉** に生れている。両親は男児誕生に期待をかけていたので女児誕生に失望し、その結果、晶子は母親の妹の家に里子に出されている。与謝野鉄幹との運命的な出会いをした晶子は ③ **〈『みだれ髪』・『みだれ芦』・『みだれ雲』〉** によって華やかなデビューを果たすことになる。

その子二十櫛《はたち》にながるる黒髪のおごりの春のうつくしきかな

やは肌のあつき血汐にふれも見でさびしからずや道を説く君

これらはその代表歌であり、「家」や「時代」によって束縛されてきた女性を解放する歌壇の旗手となり若者に多大な影響を与えていく。啄木も例外ではなく、初期の短歌には晶子調と評される歌も多い。例えば、

まひをへて乱れし ④ 〈裾・髪・笑み〉 をそとつくる京の子はしきわた殿の月

などは啄木が中学時代に ⑤ **〈啄木・一・翠江〉** のペンネームで「白羊会詠草」に発表した歌であるが、晶子調そのものである。「啄木調」短歌の誕生までにはまだかなりの時間が必要であった。

〔晶子模倣〕

啄木憧れのスーパースター

37の解説：大室精一

与謝野晶子の旧姓は〈①鳳志よう〉であり、大阪府堺市の菓子老舗である〈②駿河屋〉に生れている。男児誕生を望んでいた父宗七は、女児の誕生に失望し、母親つねの妹の家に、男児が生まれるまで里子に出されていて、その後もしばらく「男姿」で育てられていた。

晶子『春泥集』の次の歌は、その経緯を表現していると思われる。

十二まで男姿をしてありしわれとは君に知らせずもがな

堺女学校時代から病弱の母に替り家業を手伝い、夜なべ仕事の後に古典文学を学ぶ早熟な少女が、時代の寵児与謝野鉄幹と運命的な出会いをする。そして『明星』の創刊、晶子は「家」や時代に束縛されてきた「女」性を開放する旗手になっていき、〈③『みだれ髪』〉によって華々しくデビューすることになる。『みだれ髪』の代表歌には次のような歌がある。

髪《かみ》五尺ときなば水にやはらかき少女《をとめ》ごころは秘めて放たじ

清水《きよみづ》へ祇園《ぎをん》をよぎる桜月夜《さくらづきよ》こよひ逢ふ人みなうつくしき

啄木の初期の短歌には晶子調の歌が多く、例えば中学時代に〈⑤翠江〉のペンネームで「白羊会詠草」に次のような作品を発表している。

まひをへて乱れし〈④髪〉をそとつくる京の子はしきわた殿の月

啄木雑学
38

〈明星終焉〉

明治詩歌史の大変動

出題：大室　精一

明治41年、詩歌に一時代を築いた『明星』が百号で終刊となる。その後の文学界には反自然主義的な清新な流れが加速し、翌年には後期①〈**浪漫主義・耽美主義・人道主義**〉の中核となる新雑誌が登場する。『明星』の広告文によると主な執筆者として与謝野晶子・吉井勇・与謝野鉄幹・森鷗外・馬場孤蝶等の他、新詩社を去った北原白秋・木下杢太郎等も合流しているので『明星』派による再結集という意味合いも含んでいたと思われる。

その新雑誌名は②〈**『文学界』・『小天地』・『スバル』**〉であり、その命名者は与謝野鉄幹に代わって、新進の文学者が指導者として仰いだ③〈**森鷗外・北村透谷・夏目漱石**〉である。

この雑誌の編集には啄木・吉井勇・平野万里の三人が選ばれ、創刊号は④〈**石川啄木・吉井勇・平野万里**〉が担当することになった。

啄木はその新雑誌に小説を意欲的に発表していて、創刊号には「赤痢」、そして啄木が編集担当となった第二号には⑤〈**「足跡」・「銭形平次捕物控」・「三太郎の日記」**〉を掲載し、さらに第10号には「葉書」を掲載している。

啄木38雑学

〔明星終焉〕

明治詩歌史の大変動

38の解説：大室 精一

与謝野鉄幹・晶子を中心に明治の詩歌に一時代を築いた『明星』が百号で終刊となり、その後に反自然主義的な機運が高まり、後期〈①浪漫主義〉の中核となる文芸雑誌〈②『スバル』〉が登場する。

選択肢中の『小天地』は明治38年9月5日に刊行された「主幹石川啄木」の文芸雑誌であり、「毎月一回一日発行」の宣伝文句であったが一号雑誌で終わっている。

雑誌『スバル』の命名者は〈③森鷗外〉であり、創刊号に戯曲「プルムウラ」を掲載した他に、「青年」「雁」などの名作も本誌に発表している。

啄木は『スバル』の創刊に深く関与していて、平野万里・吉井勇・啄木の三名が編集を担当することになり、創刊号は〈④平野万里〉、第二号は啄木が編集することになった。啄木は創刊号に小説「赤痢」、第二号に〈⑤「足跡」〉を発表している。

選択肢中の「銭形平次捕物控」は啄木の盛岡中学の先輩野村胡堂の代表作である。啄木は平野万里の編集した創刊号を「小世界の住人のみの雑誌の如き、時代と何も関係のない様な編集方は嫌ひ」と批判して短歌軽視の指摘をするが、皮肉にも『一握の砂』の代表歌の多くは本誌の掲載歌となる。

啄木雑学
39

〔森林太郎〕観潮楼歌会

出題：平山 陽

杜林太郎は、小説家・森鷗外として有名で「舞姫」や「雁」「山椒大夫」などの作品が知られている。啄木との出会いは明治41年5月2日の観潮楼歌会である。観潮楼とは鷗外宅が千駄木町の団子坂上に位置し、上野の森の向こうに品川沖の海が見渡せたことから付けられた通称であった。初回の参加者は与謝野寛・佐佐木信綱・伊藤左千夫・平野万里・森鷗外の5人で、2回目に上田敏が加わった。啄木の出席は記録では計6回。伊藤左千夫などアララギ派の歌人との親交も深めた。鷗外と啄木の関係は歌会だけではなく、鷗外が後ろ盾になった①**〈明星・創作・スバル〉**の編集者になった事などからその深さが窺える。

その一つに、啄木が小説家を目指して書いた②**〈「菊地君」・「病院の窓」・「二筋の血」〉**「天鵞絨」の出版社への紹介を鷗外に依頼したことがある。結果は〈②〉は③**〈春陽堂・桜出版・東雲堂〉**が買い取り、原稿料二二円七五銭は明治42年2月に支払われたが、啄木の生前に活字になることはなかった。啄木は鷗外の「半日」を読んだ感想を「恐ろしい作だ。――先生がその家庭を、その奥さんをかう書かれたその態度！」と日記（明42・3・8）に記している。

啄木39雑学

〔森林太郎〕観潮楼歌会

39の解説：平山　陽

森鷗外と啄木は歌会のほかに、鷗外が後ろ盾となって発行された文芸雑誌〈①『スバル』〉の編集者になったことからも、二人の関係の深さが窺える。啄木は鷗外に、小説家を目指して書いた〈②「病院の窓」〉と「天鵞絨」の2作を出してくれる出版社を紹介してくれるよう懇願した。結果、「病院の窓」は〈③春陽堂〉の買い取りが決まった。

※『スバル』：明治42年1月の創刊。これは前年に廃刊した『明星』の後継誌で、森鷗外は創刊から相談役となる。誌名の『スバル』は鷗外が名付けた。出資者は新詩社メンバーの平出修で編集は啄木・平野万里・吉井勇の3人が交互に担当することで決まった。雑誌は大正2年に廃刊した。

※「病院の窓」：啄木上京後の第一作目の小説。モデルは釧路の新聞記者・佐藤衣川や梅川操で自然主義的思想が色濃い。活字化されたのは啄木の死後であった。

※「春陽堂」：この出版社は有名な同人雑誌『新小説』も発行していた。啄木は「病院の窓」のほかに明治39年に「面影」を、明治43年に『一握の砂』の原型「仕事の後」を持ち込んだが不採用で『新小説』には小説「道」（明43・4）と評論「硝子窓」（明43・6）が掲載された。

（※は【著者注釈】）

啄木雑学
40

〔東京朝日〕啄木を守り続けた新聞社

出題：佐藤　勝

「東京朝日新聞」の前身は①**〈めさまし新聞・万朝報・東京新聞〉**でこれを大阪朝日新聞が買収して一八八八年（明21）に大阪朝日とは別に「東京朝日新聞」を創刊した。②**〈日英戦争・日露戦争・日米戦争〉**前後の迅速で正確な記事が評判となってたちまちにして関東随一の発行部数を誇る新聞となった。主筆の③**〈池辺三山・夏目漱石・森鷗外〉**を中心に社会面や文芸面も充実しており、一九〇九年（明42）には10万部を発行している。

啄木は編集長の④**〈与謝野鉄幹・佐藤北江・平出修〉**が郷土の先輩ということだけを頼りに履歴書へ自分が編集をした雑誌⑤**〈『スバル』・『明星』・『心の花』〉**を添えて送り朝日新聞社への就職を依頼した。面接は編集長が直接行って校正係として採用された。

啄木はこの職場で、多くの先輩にその才能を認められ、校正のほかにも朝日歌壇の選者や、池辺三山の直接の命で『二葉亭全集』第二巻の発刊に携わり、文芸欄には評論「歌のいろ〳〵」を掲載するなど活躍をした。

京橋《きやうばし》の滝山町《たきやまちやう》の／新聞社《しんぶんしや》／灯《ひ》ともる頃《ころ》のいそがしさかな　（砂・489）

〔東京朝日〕

啄木を守り続けた新聞社

40の解説：佐藤　勝

「東京朝日新聞」は大阪朝日新聞社が東京の〈①めさまし新聞〉を買収して大阪朝日とは別に創刊された。〈②日露戦争〉前後の状況を伝える正確で速い記事が評判となり、啄木の入社当時は発行部数が関東一である。主筆〈③池辺三山〉を中心に社会面や文芸面も充実しており、発行部数は10万部であった。

啄木は郷土の先輩である編集長の〈④佐藤北江〉宛に履歴書と編集した雑誌〈⑤『スバル』〉を送って就職を依頼した。佐藤の面接は三分だったと啄木は日記に記している。

こうして校正係に採用された啄木だが慢性腹膜炎に罹り休んだことに端を発して啄木の病は進行して行き、やがて完全に出社の出来ない状態に陥った。しかし朝日新聞社は啄木を免職にすることはなく、特に編集長の佐藤は社内から見舞金を募って送るなどして、啄木を最後まで公私にわたって面倒を見ている。佐藤の人間性もあるが、当時の朝日新聞社の社員を守るという姿勢にも感動する。

啄木はこの社に勤めたことで、歌集『一握の砂』の発行につながり、評論「時代閉塞の現状」などの作品を多く残した。そこには働く人を守る社風のあったことも大きな要因であることを忘れてはなるまい。

啄木雑学
41

〔夏目漱石〕

同じ職場の大文豪

出題：大室　精一

夏目漱石の本名は ①〈**鈴之助・銀之助・金之助**〉であり、東京帝大文化大学の ②〈**英文科・仏文科・独文科**〉を卒業。その後に松山中学や熊本の第五高等学校で英語教師を経て、文部省留学生として英国に留学している。帰国後には東大の講師を務めながら ③〈**「舞姫」・「吾輩は猫である」・「阿部一族」**〉を『ホトトギス』に連載して評判となる。

啄木は「渋民日記」（明治39年）で、漱石の小説について「近刊の小説類も大抵読んだ。夏目漱石、島崎藤村二氏だけ、学殖ある新作家だから注目に値する。アトは皆駄目。夏目氏は驚くべき文才を持つて居る。」と記していて、自らも最初の小説「雲は天才である」を書き始めている。

その後、漱石と啄木は同じ時期に東京 ④〈**朝日新聞社・読売新聞社・毎日新聞社**〉に勤務することになり、啄木は「私は漱石の『それから』を毎日社にゐて校正しながら」と記している。

両者の関係は ⑤〈**『尾崎紅葉全集』・『二葉亭全集』・『幸田露伴全集』**〉の編集を啄木が担当した折、漱石の所蔵本を借覧するなど継続することになる。

なお、啄木の葬儀には漱石も会葬している。

〔夏目漱石〕同じ職場の大文豪

41の解説：大室 精一

夏目漱石の本名は〈①**金之助**〉であり、東京帝大文化大学の〈②**英文科**〉卒業である。松山中学、第五高等学校（熊本）の英語教師を経てから文部省の留学生として英国に留学している。夏目漱石と森鷗外は我が国を代表する文豪として余りにも有名であるが、漱石の専門分野は英文学で、漢文学にも造詣が深く、一方の鷗外は軍医総監としても活躍しているのは興味深い。

漱石は東大の講師を務めながら「ホトトギス」に〈③**『吾輩は猫である』**〉を連載して評判となる。選択肢中の『舞姫』と『阿部一族』は鷗外の代表作である。

ところで、漱石と啄木は同時期に東京〈④**朝日新聞社**〉に勤務していて交流を深めることになる。啄木は漱石の『それから』の校正作業にも従事しているし、〈⑤**『二葉亭全集』**〉の編集に関わった時には、漱石の所蔵本である英訳本のツルゲーネフ全集を借覧したりもしている。

明治44年2月に入院した啄木は、病床で『吾輩は猫である』を熟読している。退院後も発熱に苦しむ啄木に漱石夫人鏡子さんから見舞金が届けられ、また啄木の葬儀に際して、北原白秋、佐佐木信綱、木下杢太郎と共に漱石も会葬している。

啄木雑学 42

〈佐藤北江〉敬愛した先輩、そして恩人

出題：佐藤　勝

佐藤北江は啄木を東京朝日新聞社に入社させた時の①〈**編集長・部長・社長**〉であった。本名は佐藤真一。盛岡に生まれ、盛岡中学の先輩（佐藤も中途退学者）であるという情報を頼りに朝日新聞社への就職を頼みに訪ねたが、面接時間はわずか②〈**3分・10分・20分**〉であった。東京朝日新聞社の③〈**事務員・校正係・新聞記者**〉としての職を得た啄木は、この日の喜びを日記に書いている。

北江は、明治元年12月22日、現在の盛岡市大沢川原に生まれた。長じて盛岡中学に進んだが④〈**病弱・怠け者・登校拒否**〉のために退学した。その後は漢学を学び、自由民権運動の結社である「求我社」に参加して新時代の思想を身につけて、巖手新聞記者などを経て東京朝日新聞社に入社した。啄木は佐藤を常に敬愛していたので、自分に男の子が生れた時は、その名を⑤〈**真一・京助・真一郎**〉と名付けた。しかし佐藤の名が「啄木日記」に記されるのは啄木が病んでいる時や生活に困窮している時である。ここにも「二人の間に濃密な交流があったことが伺われる」（森義真著『啄木　ふるさと人との交わり』）のである。

啄木42雑学

〔佐藤北江〕敬愛した先輩、そして恩人

42の解説：佐藤　勝

佐藤北江（本名・真一）は啄木を東京朝日新聞に入社させた人であり、同新聞の〈①編集長〉であった。盛岡に生まれ、盛岡中学の先輩であるということを頼りに朝日新聞社への就職を頼みに訪ねたが、わずか〈②3分〉ほどの面接で、啄木は東京朝日新聞社の〈③校正係〉として採用された。

佐藤は旧南部藩士の子弟として現在の盛岡市大沢川原に明治元年12月22日に生れた。長じて岩手中学（盛岡中学の前身）の第一回生として入学したが〈④病弱〉のために退学。後に漢学を学ぶかたわら盛岡の自由民権運動のさきがけとなった「求我社」が経営する「行余学舎」に学び、その頃より「北江」の号を用いた。

学塾を終え、佐藤は巌手新聞に入社するも二年後に退社して上京。同郷の伊東圭介（啄木の友人伊東圭一郎の父）の紹介で、自由党の機関誌「自由の燈」の記者となったが、「自由の燈」は大阪朝日新聞に買収され、後に東京朝日が創刊されて東京朝日に移った。

啄木は自分を採用した佐藤のことをその日の日記に「中背の、色の白い、肥つた、ビール色の髯をはやした武骨の人だつた、三分間許りで、三十円で使つて貰う約束」をしたと書いている。

啄木は常に佐藤を敬愛し、長男が生れた時はその名を〈⑤真一〉と名付けた。

佐藤は大正３年10月30日に喉頭癌で亡くなった。享年47歳。

啄木雑学
43

〔友人白秋〕

北原白秋と啄木の歌

出題：佐藤　勝

啄木と白秋の出会いは啄木が①**〈北海道・盛岡・渋民村〉**から上京した明治41年5月である。白秋も②**〈『スバル』・『明星』・『創作』〉**の同人で同年代（明治18年生れ）であったことから、お互いは③**〈親しみ・反感・敬遠〉**を抱き、作品の上でも影響を受けたことは④**〈「鷗外日記」・「啄木日記」・「白秋日記」〉**にも記されている。

左記の啄木と白秋の歌なども例外ではないが、ここで面白いのは白秋の歌は街をさまよい帰るが、啄木の歌は宿屋に泊まることだ。啄木と白秋の二人は、76項の名歌鑑賞でも触れられているが一時期深く交流し、互いの作品にも影響を与えた。が、その後の二人の作品は大きく異なってゆく。その理由は解説にて明かす。

ただひとり泣《な》かまほしさに／来《き》て寝《ね》たる／宿屋《やどや》の夜具《やぐ》のこころよさかな

（石川啄木『一握の砂』90番　明治43年）

けふもまた泣かまほしさに街にいで泣かまほしさに街よりかへる

（北原白秋『桐の花』大正2年）

〔友人白秋〕

北原白秋と啄木の歌

43の解説‥佐藤　勝

白秋は啄木が〈①**北海道**〉から上京した明治41年5月には、すでに〈②**『明星』**〉の同人となっていた。前記の「**けふもまた泣かまほしさ〜**」の歌のように、二人は同年代の〈③**親しみ**〉を感じて交流し、酒を飲み、文学を語り、啄木は自分の作品にも影響を受けていたことを〈④**「啄木日記」**〉などに記している。

また、76項の「**愁ひ来て／丘にのぼれば〜**」の歌などにも影響はみられる。特に色彩感覚に優れた白秋の詩について啄木は絶賛している。

白秋は一九〇四年（明37年）に、福岡から上京して早稲田大学英文科予科に入学したが、翌年には退学。その頃『明星』へ詩や短歌を発表して白秋の才能は花開いた。

しかし、福岡に在った中学時代に、白秋の親友が思想犯事件の嫌疑をかけられ、取り調べを受けたことに抗議し自刃するという事件があった。この体験がトラウマとなったのか、白秋はその生涯にわたって自分の作品に政治的な思想を謳うことのない詩人であった。

一方の啄木は、明治43年の「大逆事件」（47項参照）という、社会的にも個人的にも大きな体験を通して強権政治への反発心を強めて行くことになるが、そこに啄木と白秋の文学観の違いがある。

啄木雑学 44

〔浅草慕情〕

啄木と浅草

出題：平山　陽

明治期の浅草は七区に分かれており、一区の浅草観音と①〈二区・四区・六区〉の歓楽街を中心に栄えていた。明治41年に上京後の啄木は頻繁に浅草を訪れることになる。目的は「キネオラマ」と呼ばれる映画と、伏魔殿と自らが呼んだ②〈凌雲閣・通天閣・天守閣〉の麓に広がる遊女街であった。どちらも苦しい生活からの逃避の行為であるが、通えば通うほど虚しさが増すのも事実であった。

その心情は次の歌にもよく表れている。

浅草《あさくさ》の夜《よ》のにぎはひに／まぎれ入《い》り／まぎれ出《い》で来《き》しさびしき心《こころ》（砂・22）

この時期の生活や遊女たちとの交わりについては「ローマ字日記」に赤裸々に書き残している。

啄木が最後に浅草を訪れたのは明治44年4月7日。その日の日記には「③〈江知勝・今半・米久〉といふ牛屋に入つてひどい目にあつた。予の病後の心はとてもあの雑沓に堪へなかつた。一刻も早く浅草を逃げ出したい！　さう言つて早速帰つて来た」と綴られている。肉体も精神も死に向かい始めていた啄木にとって、もはや浅草は逃避の地ではなかった。

〔浅草慕情〕

啄木と浅草

44の解説：平山　陽

啄木が通った浅草は〈①六区〉という歓楽街を中心とし栄えていた場所で、目的は映画と〈②凌雲閣〉の周囲に広がる遊女街であった。最後に浅草を訪れ「〈③米久〉といふ牛屋で酷い目に会い「予の病後の心はとてもあの雑沓に堪へなかつた」と日記に書き残した。

※「六区」：平出鏗二郎著『東京風俗志』（ちくま学芸文庫）によると、浅草六区とは常設の見世物小屋が22軒あり、その種類は玉乗り、軽業、活人形、手踊り、活動写真などであった。啄木は特に活動写真に通っていた。

※「凌雲閣」：明治23年浅草千束村に完成した十二階建てのタワーで浅草のシンボルとして親しまれたが、関東大震災で倒壊し、後に爆破された。付近には遊郭が多くあり、啄木は其処を「塔下苑」と呼んで頻繁に通った。

※「米久」：創業は明治19年。文明開化と共に日本に広がった牛鍋の老舗で、多くの文人も訪れた。高村光太郎に「米久の晩餐」という詩がある。

啄木は明治44年4月7日に退院後すぐ訪れた。この店は令和元年の現在も営業中である。

（※は【著者注釈】）

啄木雑学45

〔本郷界隈〕啄木が住んだ坂の街

出題：佐藤　勝

現在の文京区は、一九五四年（昭和22年）に①**〈本郷区・神田区・播磨区〉**と小石川区が合併して誕生した区名である。この界隈は全体に坂の多い街で、啄木が十七歳で上京して三カ月住んだ小日向台も坂の上であった。北海道から上京して金田一京助と同宿した②**〈観潮楼・赤心館・太平館〉**は菊坂の上にあった。そこから二人で移った③**〈蓋平館別荘・太平館・菊坂旅館〉**は新坂の上にある。また、家族を呼び寄せた④**〈真砂館・喜之床・喜多床〉**は真砂坂の先にある。そして、終焉の地となる旧小石川区久堅町の借家は⑤**〈播磨坂・団子坂・宮益坂〉**にある。

啄木が現在の文京区に住んだのは四年半ほどであるが、この街の地形もどこか啄木の人生と似てはいないだろうか。起伏の多い地形に、ふとそんなことを考えた。明治という苦難の時代を懸命に生きた啄木という一人の青年のことを、百年後を生きる私たちがそのようにイメージしながら散歩を楽しむことも有意義ではないだろうか。

二晩《ふたばん》おきに／夜《よ》の一時頃《いちじころ》に切通《きりどほし》の坂《さか》を上《のぼ》りしも――／勤《つと》めなればかな。（玩・15）

湯島天神の坂下には、右の歌を刻んだ歌碑も建っている。

〔本郷界隈〕

啄木が住んだ坂の街

45の解説：佐藤　勝

現在の文京区は〈①本郷区〉と小石川区が合併して誕生した区名である。全体に坂の多い街で啄木が二度目の上京をして暮らし始めた金田一京助の下宿〈②赤心館〉のあった場所も菊坂の上であった。その後に移った〈③蓋平館別荘〉も新坂の上である。

さらに北海道から上京してきた家族と暮らすために移った〈④喜之床〉は真砂坂の先にあった。そして、終焉の地となる旧小石川区久堅町の借家は〈⑤播磨坂〉にある。

啄木の住居跡から少し離れた団子坂の上には、現在「森鷗外記念館」がある。そこは森鷗外が当時住んでいた所である。

鷗外記念館には啄木の三通の書簡が展示されている。鷗外は自宅に各派の歌人たちを招いて「歌会」を開いていた。この歌会に与謝野寛（鉄幹）に連れられて初めて参加したことを日記に記している。「観潮楼歌会」と記したのは、二回目に参加した明治41年7月4日の記事である。当時は単に「歌会」と呼んでいた。

今日の評伝に「観潮楼歌会」とあるのは、啄木の日記が公刊されて以降からである。しかし、啄木がこの歌会に参加しなくなった理由は今も謎となっている。

啄木雑学 46

〔西村陽吉〕歌集出版のパートナー

出題：大室　精一

西村陽吉の出生時の名前は①**〈西村辰五郎・江原辰五郎・江原陽吉〉**である。②**〈小田島書房・伊藤文友館・東雲堂書店〉**の住込み店員になり、後に店主である西村寅次郎の養子となり経営にも参加するようになる。陽吉は明治末期から大正期に至る代表的な詩歌集の出版に尽力し、石川啄木の『一握の砂』と『悲しき玩具』の他にも、例えば北原白秋の③**〈『桐の花』・『まひる野』・『酒ほがひ』〉**、及び④**〈前田夕暮・斎藤茂吉・正岡子規〉**の『赤光』、さらに与謝野晶子『さくら草』なども刊行している。また、土岐哀果編集による詩歌中心文芸雑誌『生活と芸術』も手掛けている。自らも啄木の生活派短歌を継承し、多くの歌集を出しているが、三行書きの処女歌集⑤**〈『海やまのあひだ』・『空には本』・『都市居住者』〉**が有名である。その中には、次のように哀果や啄木を詠んだ歌も含まれている。

友の哀果／ながき髪をば切りおとし／なにかさびしく見ゆるまなざし
啄木が倚りきと言へる／盛岡の／中学校の剝げし露台《バルコン》

啄木関連では『評伝石川啄木』、評釈書『啄木詩歌集』などの著書もある。

〔西村陽吉〕 歌集出版のパートナー

46の解説：大室 精一

西村陽吉の「陽吉」はペンネームであり出生時の名前は**〈①江原辰五郎〉**である。学習図書出版販売**〈②東雲堂書店〉**の住込み店員になり、後に店主である西村寅次郎の養子となり姓も変わっている。選択肢中の小田島書房は処女詩集『あこがれ』の発行所、伊藤文友館は与謝野晶子『みだれ髪』の発行所である。

陽吉は詩歌集の出版に関心を抱き、啄木の『一握の砂』『悲しき玩具』はもちろんのこと、

春の鳥な啼きそ啼きそあかあかと外《と》の面《も》の草に日の入る夕

の歌で有名な北原白秋の**〈③『桐の花』〉**、及び**〈④斎藤茂吉〉**の『赤光』や土岐哀果の『黄昏に』、さらには若山牧水編集による文芸雑誌『創作』などの出版にも尽力している。

陽吉は歌人としても活躍し、代表作の**〈⑤『都市居住者』〉**には生活感の漂う作品が多い。例えば次のような作品がある。

肉屋は肉を切り／豆腐屋は臼をまはす／この町の一日のなりはひ

仕事のひま／三階にのぼれば東京の／空ひろびろと秋の風吹けり

啄木に関する著書としては前頁掲載書の他に、紅玉堂書店から『歌と人　石川啄木』（昭和4年10月）、東雲堂新装社から『石川啄木』（昭和23年12月）なども出版している。

啄木雑学
47

〔大逆事件〕幸徳秋水の刑死と啄木

出題：佐藤　勝

われは知る、テロリストの／かなしき心を――／言葉とおこなひとを分ちがたき／ただひとつの心を、／奪はれたる言葉のかはりに／（略）」（「ココアのひと匙」）

この詩は「大逆事件」を念頭において作られた詩で、啄木が密かに書き残した創作ノートの詩集①**〈『呼子と口笛』・『あこがれ』・『飛行機』〉**の中に記された詩の一節である。

「大逆事件」とは②**〈明治・大正・昭和〉**天皇暗殺未遂計画をめぐる事件で、一九一〇年（明治43年）5月31日に大審院長が予審の開始を決定したが、裁判は開始から判決まで国民に知らされず、すべて秘密裏に運ばれた。それを知った啄木は日記に③**〈「日本はダメだ。」・「日本万歳」・「天皇万歳」〉**と記して悶えた。それは国民が良い国の在り方を考える自由を政治の権力という力で奪われてしまうことへの恐怖であり、憤りであった。

歌集④**〈『呼子笛』・『一握の砂』・『我を愛する歌』〉**にも、「**赤紙の表紙手擦れし〜**」（86項参照）や「**はたらけど／はたらけど猶〜**」（60項参照）など、隠されるように収められた憤りの歌が幾首かある。

〔大逆事件〕幸徳秋水の刑死と啄木

47の解説：佐藤　勝

冒頭の詩は啄木の私家版詩集ノート〈①『**呼子と口笛**』〉に記された詩である。「大逆事件」とは〈②**明治**〉天皇暗殺未遂計画を問うもので、「幸徳秋水事件」ともいう。一九一〇年（明治43年）5月31日に大審院長が予審開始を決定した。

裁判は秘密裏に運ばれたが、新聞社に勤めていた啄木は判決の日の日記（明治44年1月18日）に〈③「**日本はダメだ。**」〉と記した。それは桂太郎内閣が言論や思想の統一を政治の権力で弾圧し、全国の社会主義者ら数百人を捕縛して取り調べた事件でもあった。また、天皇の名のもとで強権な軍事政権の確立を目指す行為の一つであった。裁判の結果は26名を起訴した。

翌年の判決で幸徳以下12名が死刑。残り12名を無期懲役。2名は有期刑とした。報道は厳重に監視されたが、啄木は事件の内情をつぶさに知り、弁護人の一人である平出修から幸徳秋水らの陳弁書を借りて裁判過程の一部を「日本無政府主義者陰謀事件経過及び附帯現象」として書き残した。これは生前に活字になることはなかったが、明治という時代の無謀な裁判の貴重な資料として今も残っている。

歌集〈④『**一握の砂**』〉の中には、これらをひそかに告発する幾首かの歌が含まれている。

啄木雑学
48

〔土岐哀果〕

啄木遺稿の刊行

出題：平山　陽

土岐哀果は病床の啄木から「頼む」と一冊の陰気なノートを託され、東雲堂に掛け合って第二歌集の出版を決めた。その歌集のタイトルを『悲しき玩具』とし、名付け親になった。葬儀も土岐の実家である浅草の等光寺で行い、遺骨は一時、同寺に①**〈埋葬・保管・散骨〉**された。

大正に入ると読売新聞に『我らの一団と彼』を掲載。啄木の遺作を次々と世に出すことに奔走した。大量の遺稿を整理して、大正2年に『啄木遺稿』を、大正7年に②**〈啄木選集・啄木余話・啄木日記〉**を、大正9年には新潮社の佐藤社長に直談判して念願の『啄木全集』（全三巻）の発売を決めた。佐藤社長も赤字を覚悟の出版であったが、三巻とも重版を重ねるベストセラーとなった。この印税を土岐は一銭も受け取らず、一部は金田一京助に託して蓋平館の未払い家賃にあて、残りは啄木の③**〈妹・債権者・遺児〉**の養育費として、節子の父である堀合忠操に託された。

この全集の大ヒットで、石川啄木の名前は国民的な歌人となった。後に土岐は次の歌を詠み残している。

石川はえらかったな、と／■おちつけば、／■しみじみと思ふなり、今も。

〔土岐哀果〕啄木遺稿

48の解説：平山　陽

石川啄木の名前が現在残るのは土岐哀果（善麿）の尽力があったからと言っても過言ではないだろう。啄木の葬儀も土岐の実家、等光寺で行い、遺骨も一時は〈①埋葬〉されていた。

さらに、土岐は大正2年に『啄木遺稿』を、大正7年に〈②『啄木選集』〉を出した。そして念願の『啄木全集』（全三巻）の発売を決めた。莫大な印税を土岐は受け取らず、印税は金田一京助など関係者に託して蓋平館の未払いの家賃や、啄木の二人の〈③遺児〉を育てている堀合忠操に託すなどして配分された。

※「埋葬」：啄木の葬儀は等光寺で行われた。遺骨は総墓に埋葬されたが、節子からの依頼で函館図書館館長の岡田健蔵が上京し引き取り、函館へと持ち帰った。その後、宮崎郁雨たちと啄木一族の墓を建立した。（参考文献・冷水茂太著『啄木遺骨の行方』永田書房ほか）

※『啄木選集』：新潮社『代表的名作選』〈第三十一編〉として『石川啄木』が企画され土岐が編集をした。この本に全てを収録できない不満が、全集発行の動機となったのではないだろうか。

※「遺児」：啄木全集の印税のうち二千八百円は土岐善麿より啄木の二人の遺児、京子と房江を養育する節子の父、堀合忠操に渡された。啄木を認めていなかった忠操が、初めて感謝したのもこの時であった。

（※は【著者注釈】）

啄木雑学
49

〔啄木哀果〕

幻で終わった雑誌の企画

出題：大室　精一

明治43年に啄木と哀果が交流を深める。その契機は四月に哀果が①〈『EBB AND FLOW』・『YELLOW LEAVES』・『NAKIWARAI』〉を刊行し、その好意的な批評を啄木が「朝日新聞」に発表したことに始まる。哀果は『啄木追懐』に「僕は、啄木によつて、僕の作品の『価値』と『意義』とを一層はつきりと発揚された」と述べている。

啄木が『一握の砂』を出版し話題を集め、歌壇に二人の時代が到来する。意気投合した二人が企画した雑誌名は②〈『啄木と哀果』・『Taku♡Ai』・『樹木と果実』〉である。二人の編集方針は「文壇のことに関らずして汎く日常社会現象に向ひ」「国民の内部活動に」目を向けた全く新しい雑誌作りにあった。執筆者は多士済々であり、例えば大島流人の③〈「盛岡より」・「北海道より」・「東京より」〉なども予定稿に含まれていた。

印刷所の不手際と啄木の病状悪化のため、この雑誌は出版には至らなかったが、啄木の死後、哀果は発展的に受け継いだ雑誌として③〈『生活と芸術』・『小天地』・『新しき明日』〉を創刊する。また、哀果は⑤〈アイヌ語・エスペラント語・神代文字〉の普及にも尽力している。

〔啄木哀果〕幻で終わった雑誌の企画

49の解説：大室 精一

土岐哀果は明治43年4月にヘボン式ローマ字表記の歌集〈①『NAKIWARAI』〉を出版する。この歌集は啄木の短歌に大きな影響を与えることになる。そこで巻頭の一首を記し、その特色を考えてみたい。

Ishidatami,koborete utsuru Mizakura wo,
Hirou ga gotoshi!—
Omoiizuru wa.

右の歌の特色は三行書き、及び行頭の不揃い表記にあり、特に三行書きの独特のスタイルは、啄木が『一握の砂』を編集する時期に重なっているためもあり、影響関係が古くから指摘されている。

啄木と哀果は交流を深め、その後の短歌の世界に旋風を巻き起こして〈②『樹木と果実』〉という雑誌も（未刊ながら）企画している。その雑誌の掲載予定の中には、函館苜蓿社の文学仲間である大島流人の〈③「北海道より」〉等も含まれていた。

啄木の死後、哀果はその雑誌の精神を発展的に受け継ぎ〈④『生活と芸術』〉を創刊している。また、哀果はローマ字だけでなく、〈⑤エスペラント語〉の普及にも尽力している。

啄木雑学
50

〈啄木死去〉

天才歌人の夭折

出題：大室　精一

明治41年の4月、啄木は「文学的運命を極度まで試験する決心」をし、家族を宮崎郁雨に託して単身上京する。千駄ヶ谷の新詩社にて数日滞在の後、本郷区の二カ所、そして弓町の①**〈喜之床・赤心館・蓋平館〉**へと点々と移り住むことになり、さらに明治44年の8月、小石川区久堅町へ転居する。そして、この地が啄木の終の棲家になる。啄木の最後を看取ったのは妻節子と父一禎、そして友人の②**〈平出修・木下杢太郎・若山牧水〉**の三人。葬儀は土岐哀果の生家である③**〈浅草寺・等光寺・了源寺〉**で行われ、法名は啄木居士である。

現在、小石川の終焉の地には、啄木の「歌碑」と「顕彰室」が設置されている。歌碑には啄木の絶筆と思われる「**呼吸《いき》すれば、～**」（玩・1）と「**眼閉《めと》づれど～**」（玩・2）の歌の肉筆原稿を複写した陶板が使用されているが、この二首は④**〈白鷺の歌・白鳥の歌・白鶯の歌〉**と呼称されている。

ところで、啄木の命日4月13日には「啄木忌」の行事が盛岡や文京区など各地で開催されている。文学者の命日にはユニークな名称もあり、例えば太宰治なら⑤**〈河童忌・憂国忌・桜桃忌〉**と呼ばれている。

〔啄木死去〕

天才歌人の夭折

50の解説：大室 精一

北海道流離の日々を経て、文学で身を立てることを決意した啄木は単身上京。新詩社に数日滞在した後、本郷区の赤心館、次に蓋平館へと移り、家族を迎えてからは弓町の理髪店**〈①喜之床〉**に間借りしている。

なお、その喜之床は現在、明治村に保存管理されているのでぜひ見学して欲しい。

その後、小石川久堅町へ転居するが、その地で啄木は死去することになる。啄木の最後を看取ったのは妻の節子と父一禎、そして友人の**〈②若山牧水〉**であった。

葬儀は土岐哀果の生家である**〈③等光寺〉**で営まれていて、与謝野鉄幹は渡仏中のために参列できなかったが、夏目漱石、北原白秋、佐佐木信綱、木下杢太郎などが参列している。

啄木の死後に発見された「**呼吸《いき》すれば、〜**」（玩・1）と「**眼閉《めと》づれど〜**」（玩・2）の二首は**〈④白鳥の歌〉**と呼ばれているが、現在は終焉の地の歌碑に原稿用紙をそのまま複写した陶板が使用されていて、啄木の命日4月13日に「啄木忌」で訪れる愛好者の胸を打つ。

因みに、「一葉忌」は樋口一葉の命日の11月3日であり、太宰治の命日である6月19日は**〈⑤桜桃忌〉**とよばれ、「河童忌」は芥川龍之介の命日、「憂国忌」は三島由紀夫の命日となっている。

啄木を楽しむ名歌鑑賞51

不来方城址

名歌鑑賞 51

〔砂山十首〕東海の小島の磯の

出題：大室　精一

東海《とうかい》の小島《こじま》の磯《いそ》の白砂《しらすな》に
われ泣《な》きぬれて
〈①　　〉とたはむる　（砂・1）

[意訳]　東海の小島の磯の白砂で、私は漂泊の愁いに泣きたわむれたことだ。

[初出]　『明星』明治41年7月号「石破集」

[鑑賞]　この歌は明治②**〈41年・43年・45年〉**十二月に刊行された『一握の砂』の冒頭歌として有名である。「東海の小島」の所在地には諸説あるが、③**〈弁天島・高田松原・大森浜〉**が有力視されている。その「砂山十首」は④「**〈夢・人・大〉といふ字《じ》を百《ひやく》あまり／砂《すな》に書《か》き／死《し》ぬことをやめて帰《かへ》り来《きた》れり**」（砂・10）の歌で結ばれている。表現技法の特色として、「の」の連続によるズームアップの手法は、⑤**〈北原白秋・佐佐木信綱・若山牧水〉**の「**ゆく秋の大和の国の薬師寺《やくしじ》の塔の上なる一ひらの雲**」に類似している。

〔砂山十首〕東海の小島の磯の

51の解説：大室 精一

東海《とうかい》の小島《こじま》の磯《いそ》の白砂《しらすな》に／われ泣《な》きぬれて／〈①蟹《かに》〉とたはむる（砂・1）

啄木の第一歌集である『一握の砂』は東雲堂書店から明治**〈②43年〉**十二月一日（奥書）に刊行された。『一握の砂』は「砂山十首」と呼ばれる歌群で始まるが、その冒頭を飾るのがこの歌であり、泣きぬれる「われ」が蟹と戯れる場面が印象的である。但し、この蟹は実景描写ではなく短歌の暗喩ではないかとも想定されている。

「東海の小島」には諸説があり日本国全体を指すという想定なども古くからあるが、函館の**〈③大森浜〉**説が有力視されている。「砂山十首」の末尾歌は、**〈④大《だい》〉といふ字《じ》を百《ひやく》あまり／砂《すな》に書《か》き／死《し》ぬことをやめて帰《かへ》り来《き》たれり**（砂・10）であり、十首全体で『一握の砂』表現世界へのプロローグになっている。

問題文中の「**ゆく秋の大和の国の薬師寺《やくしじ》の塔の上なる一ひらの雲**」は**〈⑤佐佐木信綱〉**の歌である。北原白秋の代表作には「**春の鳥な啼きそ啼きそあかあかと外《と》の面《も》の草に日の入る夕**」があり、若山牧水の代表作には「**幾山河《いくやまかは》越えさり行かば寂しさのはてなむ国ぞ今日も旅ゆく**」がある。

名歌鑑賞 52

〔啄木歌謡〕 いたく錆びしピストル出でぬ

出題：佐藤　勝

いたく錆《さ》びしピストル出《い》でぬ
〈①　　　〉の
砂《すな》を指《ゆび》もて掘《ほ》りてありしに

（砂・4）

［意訳］　ある浜辺の砂を指で掘っていたら、ひどく錆びたピストルが出てきた。

［初出］　『スバル』明治42年5月号「莫復問《ばくふくもん》」

［鑑賞］　昭和のヒット歌謡曲で石原裕次郎が歌った②〈**「錆びたナイフ」・「夕陽の丘」・「狂った果実」**〉の世界であり、作詞者の萩原四朗は啄木の短歌からピストルを③〈**ナイフ・ビール・ヨット**〉に置き換えて作詞をした。この歌の特徴は「物語性」を含んでいるところにあるが、啄木短歌にはそのような歌が多くある。例えば、井沢八郎が歌った④〈**「ああ上野駅」・「リンゴ村から」・「北国の春」**〉（作詞・関口義明）も、啄木の次の歌のドラマが背景にあったとされている。

ふるさとの訛《なまり》なつかし／停車場《ていしゃば》の人《ひと》ごみの中《なか》に／そを聴《き》きにゆく（砂・199）

〔啄木歌謡〕いたく錆びしピストル出でぬ

52の解説：佐藤　勝

いたく錆《さ》びしピストル出《い》でぬ／〈①砂山《すなやま》〉の／砂《すな》を指《ゆび》もて掘《ほ》りてありしに（砂・4）

本歌は『スバル』（明42）5月号に「莫復問」と題して掲載された69首の中の一首で、『一握の砂』では冒頭の「東海歌」から四番目の歌、いわゆる「砂山十首」の歌である。昭和のヒット歌謡曲に石原裕次郎の**〈②「錆びたナイフ」〉**がある。作詞者が啄木の歌の「ピストル」を**〈③ナイフ〉**に置き換えたこともわかる。また、この歌は国木田独歩の「運命論者」（『運命』明39・3）を意識したという本林勝夫氏の指摘もあるが、岩城之徳氏はこれを「傾聴すべき指摘」として「この一首も「錆びしピストル」を「ブランデーのびんに置き換えると独歩の作品に通じる」と述べ、「過去を思い、現在を悲しむ構想自体」が近似しているとして本林の見解を支持している。しかし、近年は「錆びしピストル」は「かつて抱いていた死への誘惑を暗示する」歌との解釈（木股知史『和歌文学大系77『一握の砂』ほか』明治書院）もある。木股氏が「砂山一連」の歌は「歌集では、海辺の物語の一齣として配列される。」と記しているように「砂山十首」には、それぞれに物語性のあることも特徴である。ほかにも啄木短歌を本歌とした歌謡曲で井沢八郎が歌った**〈④「ああ上野駅」〉**なども知られている。

名歌鑑賞
53

〈母子哀感〉

たはむれに母を背負ひて

出題：大室　精一

たはむれに母《はは》を背負《せお》ひて
そのあまり〈①　　〉に泣《な》きて
三歩《さんぽ》あゆまず　（砂・14）

［意訳］　ふざけて母を背負ってみると、余りにも哀れで三歩あるけなかった。

［初出］　『明星』明治41年7月号「石破集」

［鑑賞］　啄木の母親の名はカツ、旧姓は②**〈近藤・遠藤・工藤〉**である。この歌は母への愛情に溢れていて、親孝行の見本のような評価を受けているが、「母を背負ひて」や「三歩あゆまず」の表現は共に仮構との指摘もある。嫁姑問題での波乱も多く③**〈渡邊喜恵子・井上ひさし・澤地久枝〉**著の『泣き虫なまいき石川啄木』に詳細に描かれている。母の葬儀は啄木と同じ④**〈等光寺・浅草寺・宝徳寺〉**で執り行われた。父一禎を詠んだ歌に「**かなしきはわが父《ちち》！**／■今日《けふ》も新聞《しんぶん》を読《よ》み飽《あ》きて、／■庭《には》に⑤**〈小鳥・小蟻・小虫〉**と遊《あそ》べり。」（玩・182）がある。

〔母子哀感〕たはむれに母を背負ひて

53の解説：大室 精一

たはむれに母《はは》を背負《せお》ひて／そのあまり〈①軽《かろ》き〉に泣《な》きて／三歩《さんぽ》あゆまず（砂・14）

この歌は、母への情愛を示す代表歌として定評がある。啄木は文学への夢を捨てきれず、挫折を繰り返し、借金まみれの中で生涯を終えている。当然、家族は生活苦に追われ続けた。「母を背負ひて」は仮構と思われ、啄木を溺愛した母、旧姓〈②工藤〉カツへの、せめてもの「親孝行」の心情が嬉しい。

『泣き虫なまいき石川啄木』は〈③井上ひさし〉の脚本であり、著者が啄木と自分の人生とを重ねながらの舞台で評判になった。渡邊喜恵子『啄木の妻』（毎日新聞社）、澤地久枝『石川節子愛の永遠を信じたく候――』（講談社）の両著では、「嫁姑問題」もテーマになっている。母カツの葬儀は、土岐哀果の生家である〈④等光寺〉で営まれ、そのわずか一カ月後には啄木の葬儀も行われることになる。宝徳寺はもちろん啄木のふるさとの寺である。

両親への想いは「父《ちち》のごと秋《あき》はいかめし／母《はは》のごと秋《あき》はなつかし／家持《いへも》たぬ児《こ》に」（砂・290）と表現され、父への複雑な心情は「かなしきはわが父《ちち》！／■今日《けふ》も新聞《しんぶん》を読《よ》み飽《あ》きて、／■庭《には》に〈⑤小蟻《こあり》〉と遊《あそ》べり。」（玩・182）と詠まれている。

名歌鑑賞 54

〔労働願望〕こころよく我にはたらく

出題：平山　陽

こころよく
我《われ》にはたらく〈①　〉あれ
それを仕遂《しと》げて死《し》なむと思《おも》ふ

（砂・20）

［意訳］　気持ちよく働く〈①　〉が欲しい。それを遂げれば死んでもいいと思う位の。

［初出］　『東京朝日新聞』明治43年3月28日号「曇れる日の歌(七)」

［鑑賞］　啄木は生涯、代用教員・新聞記者・②**〈受付・印刷所・校正係〉**などの職に就いて家計を支えてきた。しかし、その〈①　〉が自らの目指す③**〈生活者・文学・評論家〉**への道と直結していたのだろうか？　家庭を守る収入を得るための仕事ではなかったか？

この歌には啄木のそんな憂鬱と葛藤を感じることが出来る。もし、文学的な仕事で収入を得て、一心に働ければ、死んでも構わないという啄木の心情が感じられる。

〔労働願望〕

こころよく我にはたらく

54の解説：平山　陽

こころよく／我《われ》にはたらく〈①仕事《しごと》〉あれ／それを仕遂《しと》げて死《し》なむと思《おも》ふ（砂・20）

明治38年に20歳で節子と結婚した啄木は、既に宝徳寺住職を罷免された父に代わり家族を養わないといけない立場になっていた。啄木は生涯に「渋民尋常小学校」や「函館区立弥生尋常小学校」の代用教員として、「函館日日新聞」や札幌の「北門新報」、小樽の「小樽日報」、釧路の「釧路新聞社」の新聞記者として、最後は東京朝日新聞の〈②校正係〉という仕事に就いた。

明治41年に宮崎郁雨の助けを受けてまで、〈③文学〉への道に向かい、その道で生活をするために動いたが、この歌が歌われた明治43年３月、啄木は生活を優先するために校正係という職に就いていた。もし、自分が思った文学的な仕事が出来るのなら死んでも構わないと思いながら。

この歌が発表された後の明治43年９月に「朝日歌壇」の選者に選ばれたのを機に、12月には名作『一握の砂』を発表する。明治44年には土岐哀果と雑誌「樹木と果実」を企画する等、ようやくこころよい仕事に向かい始めることができた。

しかし、その後、啄木に待っていた運命が「病死」であったことは皮肉な結末である。

名歌鑑賞
55

〔自己哀愁〕こみ合へる電車の隅に

出題：平山　陽

こみ合《あ》へる電車《でんしや》の隅《すみ》に
ちぢこまる
ゆふべゆふべの〈①　〉のいとしさ

（砂・21）


［意訳］毎晩、混んでいる電車の隅に、縮こまっている〈①　〉が愛しい。

［初出］『創作』明治43年5月号「手を眺めつつ」

［鑑賞］啄木は本郷から銀座の滝山町の東京朝日新聞社まで電車で通勤していた。満員電車に乗り、誰もが無言で縮こまっている。群衆の中でも身体が小さな啄木は隅に追いやられ、じっと降車駅を待っている。生活のために頑張っている姿をふと②**〈客観的・主観的・情熱的〉**に眺めると、健気に社会の一員になっている**〈①　〉**の姿が何と愛おしいことか。

　現代でも強く共感できる。また、啄木から我々への**〈③応援歌・鎮魂歌・国歌〉**のようにも感じることが出来る。

〔自己哀愁〕こみ合へる電車の隅に

55の解説：平山　陽

こみ合《あ》へる電車《でんしや》の隅《すみ》に／ちぢこまる／ゆふべゆふべの〈①我《われ》〉のいとしさ（砂・21）

この歌に登場する電車は朝晩に乗る通勤電車のことである。現代でも都会の人間が体験する通勤ラッシュが明治時代から存在していたことが伺えるのだが、もう一歩踏み込んで考えると、啄木は沢山の人が乗る電車を社会の縮図であると考えていたように感じる。直接的には生活の一部として、抽象的には人間社会全体の姿として。その両面から見ても、この歌の啄木は電車の隅で必死に存在し、生きるために頑張っている。

自分のそんな姿を〈②客観的〉に見ると、同じように生きるすべての人々を愛おしく感じる。社会の片隅を必死に守る人々がいるからこそ、社会全体が成立している。歯車という使い古された言葉も存在するが、まさにその歯車の階級に向けた歌である。これは、むしろ人間や都会が今よりも穏やかであった明治よりも、生活自体が個別化している孤独な現代のほうが当てはまる。これは百年以上前に生きていた啄木が、満員電車の片隅から現代に生きる我々に向けて謳った壮大なる〈③応援歌〉なのではないか。そして、啄木の視線はおそらく、さらなる未来にも向いている。

名歌鑑賞 56

〔芸術悲劇〕実務には役に立たざる

出題：平山　陽

実務《じつむ》には役《やく》に立《た》たざるうた人《びと》と
我《われ》を〈①　〉人《ひと》に
金借《かねか》りにけり

（砂・56）

[意訳]　自分を仕事の出来ない「うた人」と〈①　〉人間に金を借りに行く。

[初出]　『創作』明治43年10月号「九月の夜の不平」

[鑑賞]　この歌は②〈芸術家・労働者・政治家〉に対する世の中からの厳しい「対応」を見事に歌い上げている。世間はどんなに③〈才能・資金・体力〉のある「うた人」であっても④〈収入・成功・人脈〉につながる仕事など出来ないと見下している。

「うた人」はそこに戦いを挑むように歌を詠むのであるが、そんな世間であるから金にはならない。生活のためには、自分を見下している世間に対して、頭を下げて金を借りに行かなければいけない現実。現代の〈②　〉達にも繋がる悲しい現実の歌なのである。

〔芸術悲劇〕 実務には役に立たざる

56の解説：平山　陽

実務《じつむ》には役《やく》に立《た》たざるうた人《びと》と／我《われ》を〈①見《み》る〉人《ひと》に／金借《かねか》りにけり（砂・56）

この歌が詠まれたのは明治43年である。この頃の啄木は東京朝日新聞の校正係として実務を行っている。啄木は役に立たない社員だったのかと言えば逆で、しっかりとした文章力を発揮して、二葉亭全集の校正まで任される優秀な能力を持っていた。この時期の金銭事情を見ると、主に宮崎郁雨からの援助や朝日の編集長である佐藤真一に給料の前借りを頼むことを繰り返しているので、役に立たないと思っている人に金を借りに行くことはなかったであろう。

この点から考えると、この歌は生活を詠んだ歌ではなく啄木が痛感したであろう〈②芸術家〉に対する世の中の偏見を詠んだ歌ではないか？　現代社会でも芸術に対する目は厳しい。アルバイトをしながら好きな芸に向かっている若者がほとんどである。

どんなに〈③才能〉があっても好きな道で〈④収入〉を得ることは出来ないと見下している世の中に、頭を下げて糧を得ないといけない状況はある。明治時代に啄木が受けた偏見は現代社会でも脈々と続いている。若き芸術家が住みやすい世の中はいつ来るのだろうか？

名歌鑑賞
57

〔労働賛歌〕

こころよき疲れなるかな

出題：平山　陽

こころよき疲《つか》れなるかな
〈①　〉もつかず
仕事《しごと》をしたる後《のち》のこの疲《つか》れ
（砂・66）

［意訳］　心地いい疲れだ、〈①　〉もつかずに仕事をした後のこの疲れは。

［初出］『スバル』明治42年5月号「莫復問《ばくふくもん》」

［鑑賞］　この歌は労働者の充実を歌い上げた歌である。明治40年代、②**〈日露戦争・日清戦争・戊辰戦争〉**の影響もあり、日本は経済危機による就職難に陥っていた。啄木も明治41年の上京後から③**〈短歌・小説・詩〉**を書いても売れず、仕事らしい仕事がない状態が続いた。この歌は明治42年4月に書かれているが、啄木自身が本意ではないにしても、この年、朝日新聞の校正係という仕事に就き、働くことが出来るようになった。働けることが本当に有難い時代、〈①　〉もつかずに働く事が出来ることこそ、こころよい疲れと言える。

〔労働賛歌〕こころよき疲れなるかな

57の解説：平山　陽

こころよき疲《つか》れなるかな／〈①息《いき》〉もつかず／仕事《しごと》をしたる後《のち》のこの疲《つか》れ（砂・66）

この歌を読み解くには、当時の社会情勢を多少理解する事が必要かもしれない。そうする事で、啄木の目線を広く感じる事が出来るのではないだろうか？

この歌が詠まれた明治42年前後は〈②日露戦争〉後の経済危機から就職難に襲われていた時代であった。労働者は職がなく、日々の生活にも困る時代。高度な教育を受けた一部の人間は職を持たず親の財産で生活し「高等遊民」などと呼ばれていた。啄木も、明治41年の上京後に〈③小説〉の売り込みに失敗。就職活動を行ったがうまく行かず、金田一京助の援助の下に苦しい生活をしていた。窓の外をお使いに出る小坊主が行くのを見て「なんで僕には仕事がないんでしょう」と呟いたという。

そんな啄木も東京朝日新聞の編集長・佐藤真一の口利きで校正係の職に就くことが出来た。決して文学に直結した仕事ではなく、本意ではなかったが、毎日働きに出る場所を得たことこそ無上の喜びであっただろう。仕事の疲れをこころよく感じ、達成感を得ることこそが労働者としての最高の境地なのだという啄木からのメッセージである。

名歌鑑賞
58

〔人生哀歌〕かなしきは喉のかわきを

出題：平山　陽

かなしきは
喉《のど》のかわきをこらへつつ
夜寒《よざむ》の〈①　〉にちぢこまる時《とき》
（砂・93）

〔意訳〕悲しいのは喉の渇きをこらえる寒い夜中の〈①　〉の中だ。
〔初出〕『一握の砂』作歌（明治43年10月13日夜）
〔鑑賞〕この歌のポイントは「かわき」と「夜寒」を〈①　〉の中でちぢこまり耐えているということだ。「かわき」という表現から、苦しい、きつい、死にたいなどのジメジメした陰湿な感情よりも、どこか②**〈諦め・希望・欲望〉**に近いような③**〈虚しさ・暖かさ・清々しさ〉**を感じる。その「かわき」に追い打ちをかけるように真冬の夜寒が啄木を襲う。しかし、その身体を守ってくれる物は薄っぺらな〈①　〉があるだけ。喉を潤す水もなく、立ち上がることも出来ない。啄木が日々の渇いた生活を、冷たい社会の中で耐えていると読み取ることが出来る歌だ。

〔人生哀歌〕 かなしきは喉のかわきを

58の解説：平山　陽

かなしきは／喉《のど》のかわきをこらへつつ／夜寒《よざむ》の〈①夜具《やぐ》〉にちぢこまる時《とき》（砂・93）

この歌は日々の渇いた困窮と、取り囲む冷たい社会に生きた啄木の心情を詠った歌なのではないだろうか？　読み解くポイントは《かわき》《夜寒》を〈①夜具〉の中でちぢこまり堪えているということだ。《かわき》という表現からは死にたい、苦しい等の陰湿な感情よりも、〈②諦め〉に近い〈③虚しさ〉を感じる。

渇きを生活の渇きだと捉えると、終わることのない困窮は飢えを通り越して渇ききってしまっていると読める。啄木は冷たい風の吹き荒れる社会の、行先が見えない暗闇の中でどうすることも出来ずに、ただ縮こまるだけ。

もう一つのポイントは《夜具》だ。この歌の唯一の救いはこの《夜具》ではないだろうか？これを、家族や家庭だと考えれば希望がもてる。この歌が詠まれた明治43年10月13日は4日に誕生した長男の真一が「可愛くてしやうがない」（明43・10・20　宮崎郁雨宛書簡より）時期となる。様々な問題を抱える石川家に光明が見えていた貴重な時期でもある。

しかしこの後、運命は長男・真一の病死という《夜寒》が啄木を襲うことになる。

名歌鑑賞
59

〔面従腹背〕一度でも我に頭を

出題：佐藤　勝

一度《いちど》でも我《われ》に頭《あたま》を下《さ》げさせし
人《ひと》みな〈①　〉と
いのりてしこと　（砂・94）

［意訳］　私に一度でも頭を下げさせた人はみな不幸になれと祈ったことだ。

［初出］　『一握の砂』

［鑑賞］　学齢より一歳早く ② **〈渋民尋常小学校・盛岡中学・玉山高校〉** に入学した啄木は、卒業時には主席となるなど周囲から秀才として認められていた。③ **〈渋民小学校・盛岡尋常中学校・玉山高等学校〉** には128名中10番の成績で入学したが、恋愛や ④ **〈文学・珠算・英語〉** への傾倒により勉学への意欲を喪失する。左記の歌は、上京し、挫折した啄木の心情を示している。後に「そのかみの学校一《がくかういち》の ⑤ **〈なまけ者・秀才が・おちこぼれ〉** ／今《いま》は真面目《まじめ》に／はたらきて居《を》り」（砂・183）の歌もある。

〔面従腹背〕一度でも我に頭を

59の解説：佐藤　勝

一度《いちど》でも我《われ》に頭《あたま》を下《さ》げさせし／人《ひと》みな〈①死《し》ね〉と／いのりてしこと（砂・94）

啄木は一般就学年齢よりも一歳早く〈②渋民尋常小学校〉に入学して周囲の人を驚かせるほどにもの覚えの良い児童で、主席で卒業した。そして〈③盛岡尋常中学校〉には128名中の10番目という優秀な成績で入学したが、〈④文学〉への傾倒により卒業はできなかった。啄木が後に詠んだ**そのかみの学校一《がくかういち》の⑤〈なまけ者《もの》〉／今《いま》は真面目《まじめ》に／はたらきて居《を》り**（砂・183）と合わせて読むことで啄木の気持ちも理解できる。さらに啄木の自画像のような歌であることも解る。盛岡中学校を卒業出来なかったことは、当時の学歴尊重主義の社会の中で啄木を苦しめた。今井泰子氏は「世の中の仕組みの中で人に頭を下げ、卑屈に生きてゆかねばならぬ自分のどす黒い怨念をうたう歌。」（『日本近代文学大系23　石川啄木』角川書店）と記したが、岩城之徳氏はこれに対し「啄木の矜持の高さと病的なほどの自尊心の強さを示す」歌で「借金生活を余儀なくされながらも内にはこうした反抗精神を持ち続けていたことが察せられる」としている。

うぬ惚《ぼ》るる友《とも》に／合槌《あひづち》うちてゐぬ／施与《ほどこし》をするごとき心《こころ》に（砂・107）

この歌などにも啄木の自尊心の強さが垣間見られる。

名歌鑑賞
60

〔生活困苦〕

はたらけどはたらけど猶

出題：大室　精一

はたらけど
はたらけど猶《なほ》わが生活《くらし》楽《らく》にならざり
ぢつと〈①　〉を見る　（砂・101）

[意訳]　働いても……。働いても生活は楽にならない。ただじっとしているのみだ。

[初出]　「東京朝日新聞」明治43年8月4日号「手帳の中より」

[鑑賞]　この歌は貧しい勤労者の心理を巧みに表現していることから、②**〈徳富蘇峰・小林多喜二・河上肇〉**の『貧乏物語』などに③**〈自然主義・プロレタリア・写実主義〉**文学の旗印として多く引用されることになる。この啄木の意識は後に社会の不条理へと向かい、「④**〈百姓・工民・貧民〉の多く《おほ》は酒《さけ》をやめしといふ。**／もつと困《こま》らば、／何《なに》をやめるらむ。」（玩・62）等の歌に結実していく。『一握の砂』の刊行に尽力した東雲堂の⑤**〈渋川玄耳・西村陽吉・佐藤真一〉**も啄木の影響を受け、後に歌人として活躍する。

〔生活困苦〕 はたらけどはたらけど猶

60の解説：大室　精一

はたらけど／はたらけど猶《なほ》わが生活《くらし》楽《らく》にならざり／ぢつと〈①手《て》〉を見《み》る（砂・101）

この歌は貧しい勤労者の意識を巧みに表現してあり、大正時代に〈②河上肇〉の『貧乏物語』に引用されたことにより注目された。虐げられた労働者の実態を描いた作品には小林多喜二『蟹工船』などもあるが、啄木の歌は「手を見る」という単純な行為により誰もが共感できる心情となり〈③プロレタリア〉文学の旗印として名声を高めたことになる。

啄木のこの意識は社会の不条理へと向かい、

④〈百姓《ひやくしやう》〉の多《おほ》くは酒《さけ》をやめしといふ。／もつと困《こま》らば、／何《なに》をやめるらむ。（玩・62）

などの歌にみられるように弱者へのまなざしが深く感じられるようになる。

ところで、東雲堂で『一握の砂』の刊行に尽力した〈⑤西村陽吉〉は、啄木の影響を強く受け、後に歌人としても活躍することになる。陽吉は啄木に倣い自らも三行書きの歌集を刊行し、プロレタリア文学を継承し、啄木に関する評論や注釈書を発表したりしている。

なお、選択肢中の渋川玄耳は『一握の砂』に藪野椋十の別号で序文を寄せた人物、佐藤真一は啄木を朝日新聞に採用した名物編集長であり、共に啄木の大恩人である。

名歌鑑賞 61

〔擬音修辞〕たんたらたらたんたらたらと

出題：佐藤　勝

たんたらたらたんたらたらと
〈①　〉が
痛《いた》むあたまにひびくかなしさ　（砂・118）

〔意訳〕たんたらたら、とリズムカルな雨音の響きも頭の痛む今はかなしいことだ。

〔初出〕『精神修養』明治43年12月号「崖の土」

〔鑑賞〕啄木の第一歌集『一握の砂』に収められた歌で、②〈歌稿ノート・小型手帳・メモ帳〉に残っている。リズムカルな音も③〈頭・足・背中〉の痛い時に聴く雨滴の連続音はいやな音として響いてくる。ここには作者のいらだちの思いが込められている。

歌集『一握の砂』には左記のような歌もある。
何《なに》がなしに／頭《あたま》のなかに崖《がけ》ありて／日毎《ひごと》に土《つち》のくづるるごとし（砂・110）
この歌なども視野にいれて、作者の神経の疲れを指摘する解釈もある。

〔擬音修辞〕 たんたらたらたんたらたらたらと

61の解説：佐藤　勝

たんたらたらたんたらたらと／〈①雨滴《あまだれ》〉が／痛《いた》むあたまにひびくかなしさ（砂・118）

この歌は啄木の第一歌集『一握の砂』に収められる前に「崖の土」と題されて発表された時は「たんたらたら」の歌集の表記だが、その原型となる**〈②歌稿ノート〉**には「たんたら〳〵」と記されている。つまり雑誌に発表する時に啄木は歌の「リズム感」を整え、**〈③頭〉**の痛い時に聴く雨滴のいやな音として、作者のいらだちの思いを込めたのである。

また前出の「**何《なに》がなしに／頭《あたま》のなかに〜**」（砂・110）という歌などから、木股知史氏は「トタン屋根を雨がうつのか、樋から雨水が滴るのか、独特のオノマトペによって表現された」「不規則な雨音のリズムが頭痛を刺激するのである」（『和歌文学大系77』）として、作者の神経の疲れを指摘している。

また、左記の歌も雨の日や、オノマトペのある歌なので冒頭歌の鑑賞の参考にしたい。

雨降《あめふ》れば／わが家《いへ》の人誰《ひとたれ》も誰《たれ》も沈《しづ》める顔《かほ》す／雨霽《あめは》れよかし（砂・49）

こつこつと空地《あきち》に石《いし》をきざむ音《おと》／耳《みみ》につき来《き》ぬ／家《いへ》に入《い》るまで（砂・109）

名歌鑑賞 62

〔夫婦慰藉〕友がみなわれよりえらく

出題：大室　精一

友《とも》がみなわれよりえらく見《み》ゆる日《ひ》よ
〈①　〉を買《か》ひ来《き》て
妻《つま》としたしむ　（砂・128）

［意訳］　友が皆自分より偉く見え、その寂しさを今日も妻と紛らすことよ。

［初出］　『一握の砂』　作歌（明治43年10月13日夜）

［鑑賞］　上京後創作生活に挫折した啄木は　②〈読売新聞社・東京朝日新聞社・毎日新聞社〉に校正係として勤務。友人の活躍に比較しての我が身の悲哀と妻に対する労りの心情に溢れる歌。
啄木は昔から花への関心が高く、少女時代の堀合節子を　③〈紅百合・鹿ノ子百合・白百合〉の君と呼んだり、函館の弥生小学校で知り合った橘智恵子を　④〈紅百合・鹿ノ子百合・白百合〉と呼んだりしている。節子の弟　⑤〈堀合了輔・山本千三郎・田村叶〉の著である『啄木の妻節子』（洋々社）には肉親からの赤裸々な心情が描かれていて興味深い。

〔夫婦慰藉〕友がみなわれよりえらく

62の解説：大室精一

友《とも》がみなわれよりえらく見《み》ゆる日《ひ》よ／〈①花《はな》〉を買《か》ひ来《き》て／妻《つま》としたしむ（砂・128）

文学で身を立てることを決意して北海道から上京した啄木は〈②東京朝日新聞社〉に校正係として勤務することになるが、その文学において深い挫折を味わい続ける。その悲しみの中で、借金に追われながらの生活を支えてくれる妻に感謝の念を込めて花を買ったのであろう。花の名は不明だが、たぶん百合の花だと思われる。それは中学時代の『爾伎多麻《にぎたま》』第一号（明治34年9月21日）に寄せた「嗜好」欄の花の項に「百合の花」を挙げていて、啄木は少女時代の節子を〈③白百合〉の君と呼んでいたからである。

百合を女性の美しさの象徴と捉えるなら、函館の弥生小学校で知り合った橘智恵子に対しても「橘智恵君は真直ぐに立てる〈④鹿ノ子百合〉なるべし」と形容した心情も偲ばれる。ところで啄木と節子の内面を知るには、節子の弟である〈⑤堀合了輔〉の著『啄木の妻節子』（洋々社）、及び啄木の妹である三浦光子著『悲しき兄啄木』（初音書房）の両著があり、肉親による視点からの描写があり興味深い。

なお選択肢中の山本千三郎は啄木の次姉トラの夫であり、田村叶は啄木の長姉サダの夫である。

名歌鑑賞 63

〈自殺願望〉誰そ我にピストルにても

出題：平山　陽

誰《た》そ我《われ》に
ピストルにても撃《う》てよかし
〈①　〉のごとく死《し》にて見《み》せなむ　（砂・150）

［意訳］誰か私をピストルで撃ってくれないか。〈①　〉のごとく死んで見せよう。

［初出］『創作』明治43年10月号「九月の世の不平」

［鑑賞］〈①　〉は明治42年10月26日にハルビンにて暗殺された。このことは日本でも報道され、啄木も強く関心を持った。②〈**国葬・通夜・葬儀**〉が行われ国民が皆悲しんだ。その様子は、同時期の妻の家出や生活苦を抱え③〈**自殺願望・自尊心・独占欲**〉が強かった啄木にとって、この死が羨ましく見えたのではないだろうか？　そして死へ踏み切れなかった啄木自身は、第三者の手によって撃たれることこそ、生活苦や人間関係からの脱出だと思っていたのではないだろうか？

〔自殺願望〕誰そ我にピストルにても

63の解説：平山　陽

誰《た》そ我《われ》に／ピストルにても撃《う》てよかし／〈①伊藤《いとう》〉のごとく死《し》にて見《み》せなむ（砂・150）

この歌に登場する〈①伊藤〉は初代内閣総理大臣であり韓国統監であった伊藤博文である。この歌の解説の前にもう一つの歌と比較せねばならない。「地図の上朝鮮国《てうせんこく》にくろぐろと墨《すみ》をぬりつゝ秋風を聴く」という歌である。この歌では啄木が朝鮮併合について批判している。しかし、掲題の歌の中では朝鮮併合の立役者であった伊藤は英雄として登場している。このことから掲題の歌は朝鮮併合に基づく歌というよりは、当時の啄木の死生観として歌われていると推測する。伊藤がハルビンで撃たれた明治42年10月26日は、妻・節子が家出した盛岡から戻った日と同日になる。

啄木に多大な打撃を与えたこの問題。困窮と妻の家出という苦難から死にたい気持であったであろう。伊藤は撃たれ〈②国葬〉で国中に追悼された。〈③自殺願望〉が強いが、自ら死ぬことが出来なかった啄木にとって、どんなに輝かしい死に見えたことであろうか？　誰か第三者に撃たれて死ねるならば、伊藤博文のごとく死んで見せたいと思った日を回顧して、翌年に詠まれた歌だったのではないかと私は思う。

名歌鑑賞
64

〔青春回顧〕

己が名をほのかに呼びて

出題：平山 陽

己《おの》が名《な》をほのかに呼《よ》びて
涙《なみだ》せし
〈①　〉の春《はる》にかへる術《すべ》なし
（砂・153）

［意訳］ 自分の名前をそっと呼んで涙する。〈①　〉の春には戻ることは出来ない。

［初出］『明星』明治41年7月号「石破集」

［鑑賞］〈①　〉の春に思いを馳せて、自らの名前をそっと呼んで涙する。なんと美しくもせつない歌であろうか。この歌が最初、歌稿ノート②**〈暇ナ時・悲しき時・帰る時〉**に詠まれた際には③**〈親の名を・君が名を・友が名を〉**とされていた。一握の砂に選歌されるにあたり「己が名」に推敲された。〈①　〉の時こそ啄木にとって自己が一番輝いた時代。妻・節子との恋。文学への傾倒。友人たちとの交流。手にとれる昔なのに、戻ることが出来ない。そんな時代の自分の名を呼び、やりきれない思いになるのである。

〔青春回顧〕 **己が名をほのかに呼びて**

64の解説：平山　陽

己《おの》が名《な》をほのかに呼《よ》びて／涙《なみだ》せし／〈①十四《じふし》〉の春《はる》にかへる術《すべ》なし（砂・153）

歌稿ノート〈②暇ナ時〉で最初に詠まれた際は〈③君が名を〉とされていた。愛しい君の名前を呼んで涙した十四の春に帰ることは出来ないという恋愛歌の意味が強かったが、「己が名」にすることで十四という歳の自分に対する郷愁を詠いあげた幅の広い歌になったと思う。誰もが青春時代への回顧的思いを重ね合わせることで、名歌として読まれ続けられている。

実際、啄木が十四歳の時は生涯の基盤が出来た年であった。当時の年齢の数え方で行くと、啄木が十四と呼んだのは明治三十二年となる。この年、啄木は生涯の妻・堀合節子と出会う。そして、金田一京助から『明星』を借り受け感化され、与謝野寛・晶子夫婦の新詩社に入り短歌を書き始める。

蒟蒻版『丁二会』という雑誌を作り始めたのもこの年だ。次姉・トラの夫である山本千三郎を訪ね初めて上京し、上野の社や品川の海を見たりもした。人生の春であった年。しかし、この歌を詠んだ明治41年の啄木は貧窮と小説が認められない文学的挫折の真っ只中にいた。人生の春であった十四歳に戻りたいと涙して思った姿が浮かび上がる。

名歌鑑賞 65

〔青春逍遥〕

不来方のお城の草に

出題：大室　精一

不来方《こずかた》のお城《しろ》の草《くさ》に寝《ね》ころびて
空《そら》に吸《す》はれし
〈①　　　〉（砂・159）

［意訳］　不来方のお城の草原に寝転んで、大空に夢を託したあの若き日よ。

［初出］　『スバル』明治43年11月号「秋のなかばに歌へる」

［鑑賞］　不来方の城は、②〈**西部藩・東部藩・南部藩**〉歴代の居城である。啄木はここを度々訪れていたらしく、「③〈**病院・教室・仕事場**〉の窓《まど》より遁《に》げて／ただ一人《ひとり》／かの城址《しろあと》に寝《ね》に行《ゆ》きしかな」（砂・158）の歌も詠んでいる。文学への情熱に燃え、学業への意欲が失われている様子も窺える。また、後に妻となる④〈**堀合節子・堀田秀子・平山良子**〉との初恋当時の心情も反映していると思われる。この歌が刻まれている岩手公園にある歌碑は、啄木の尊敬する先輩である⑤〈**金田一京助・米内光政・野村胡堂**〉の書である。

不来方のお城の草に

65の解説：大室 精一

〔青春逍遥〕

不来方《こずかた》のお城《しろ》の草《くさ》に寝《ね》ころびて／空《そら》に吸《す》はれし／〈①十五《じふご》の心《こころ》〉（砂・159）

不来方《こずかた》というのは南部氏築城以前の古い地名であり、不来方城と呼ぶのは**〈②南部藩〉**歴代の居城である。啄木当時の「不来方城址」は昭和12年に国指定の史跡「盛岡城址」となっている。

啄木はこの城址をしばしば訪れていたらしく、多くの歌を残している。

〈③教室《けふしつ》〉の窓《まど》より遁《に》げて／ただ一人《ひとり》／かの城址《しろあと》に寝《ね》に行《ゆ》きしかな（砂・158）

歌中の「十五の心」とは、後に妻となる**〈④堀合節子〉**との初恋当時の年齢を示していると思われ、「**己《おの》が名《な》をほのかに呼《よ》びて／涙《なみだ》せし／十四《じふし》の春《はる》にかへる術《すべ》なし**」（砂・153）の原歌が歌稿ノートの「**君が名を仄かによびて涙せし幼き日にはかへりあたはず**」であることにも符合する。

選択肢中の堀田秀子は渋民尋常小学校代用教員時代の同僚であり、平山良子は、実は良太郎という男性である。出題歌は現在、啄木の尊敬する**〈⑤金田一京助〉**の書により岩手公園内に歌碑が建立されている。

なお選択肢中の米内光政と野村胡堂は共に盛岡中学の先輩であり、米内は後に総理大臣となり、野村は『銭形平次捕物控』等で有名な大衆作家となる。

名歌鑑賞
66

〔恩師回想〕よく叱る師ありき髯の

出題：平山 陽

よく叱《しか》る師《し》ありき
髯《ひげ》の似《に》たるより〈 ① 〉と名《な》づけて
口真似《くちまね》もしき

（砂・163）

[意訳] よく叱られた先生は口髯が似ている〈 ① 〉とあだ名して物真似もした。

[初出] 『一握の砂』重出『学生』（明治44年2月号）「よく叱る師」

[鑑賞] この歌は ②〈**盛岡中学校・渋民尋常小学校・盛岡高等小学校**〉時代に、一年生から三年生まで啄木の担任であった ③〈**冨田小一郎・与謝野寛・新戸部仙岳**〉先生を回顧し詠まれた歌である。その口髯から〈 ① 〉とあだ名をつけていた。啄木は担任だった〈 ③ 〉先生に叱られていた事を心地よく覚えていたのだろう。自身が先生の口真似をしたことも愛しく思い出される。この歌は誰もが青春時代に体験したであろう思い出の一頁によくある光景が描かれている名歌である。

〔恩師回想〕よく叱る師ありき髯の

66の解説：平山　陽

よく叱《しか》る師《し》ありき／髯《ひげ》の似《に》たるより〈①山羊《やぎ》〉と名《な》づけて／口真似《くちまね》もしき（砂・163）

この歌は啄木が〈②盛岡中学校〉時代の1年生から3年生までの間、担任であった〈③冨田小一郎〉先生を回顧した歌である。啄木の中学時代と言えば「教室《けふしつ》の窓《まど》より遁《に》げて／ただ一人《ひとり》／かの城址《しろあと》に寝《ね》に行《ゆ》きしかな」（砂・158）で詠まれているように文学に傾倒し、妻となる節子との恋に溺れ、学問を怠り始めた時期であった。そのため、冨田先生から毎日叱られていたと本人が後に書いている（※岩手日報「百回通信」）。

しかし、啄木は明治33年夏の「修学旅行」の道中で山羊髯を上向きにして「この眼鏡は……」と語る恩師の口真似をしてみせたことを懐かしく思い出し、歌にしている。この体験は現代を生きる我々でも一度はしていることであろう。青春の思い出として心の奥に残っているはずだ。

この歌を読むと、当時のそんな思い出として、恩師の顔、その時代の友人たちの顔、授業風景などが鮮やかに蘇ってくる。啄木がいつの時代も変わらずに愛され続けている理由の一つは、普遍的な人の感情を包み込みながら、自分との共通性を引き出す歌を詠んでいるからだと思う。

名歌鑑賞67

〔青春哀歌〕その後に我を捨てし友も

出題：佐藤 勝

その後《のち》に我《われ》を捨《す》てし友《とも》も
あの頃《ころ》は〈①〉書読《ふみよ》み
ともに遊《あそ》びき
（砂・166）

［意訳］後に自分との友情を捨てた友も、あの頃は一緒に学び遊んだものだ。

［初出］『一握の砂』重出『学生』（明治44年2月号）「よく叱る師」

［鑑賞］盛岡中学三年生のときに②**〈啄木・友人・教師〉**の提案で結成したサークル③**〈「英語クラブ」・「ユニオン会」・「リーダーズ会」〉**のメンバーは啄木と同級生の伊東圭一郎、小野弘吉、阿部修一郎、④**〈小澤恒一・金田一京助・野村長一〉**の五人であった。後に彼らは啄木が自分の⑤**〈出版を祝う会・結婚式・就職祝い〉**に欠席するなど不可解な行動をとったことを非難して啄木に絶交状を送りつけて交友を絶った。

師《し》も友《とも》も知《し》らで責《せ》めにき／謎《なぞ》に似《に》る／わが学業《がくげふ》のおこたりの因《もと》（砂・157）

〔青春哀歌〕その後に我を捨てし友も

67の解説：佐藤　勝

その後《のち》に我《われ》を捨《す》てし友《とも》も／あの頃《ころ》は〈①共《とも》に〉書読《ふみよ》み／ともに遊《あそ》びき（砂・166）

盛岡中学三年生のとき**〈②啄木〉**の提唱で結成されたリーダー（英語）を輪読して自主的に勉強をする**〈③「ユニオン会」〉**は、啄木と同級生の伊東圭一郎、小野弘吉、阿部修一郎、**〈④小澤恒一〉**の五人のメンバーであったが、彼らは後に啄木が自分の**〈⑤結婚式〉**に欠席するなど不可解な行動をとったことを非難し、四人の連名で啄木に絶交状を送りつけて交友を絶った。この歌はその頃の友らを詠んだものである。

友に棄てられたという事実は心の傷みとして啄木の心に深く残った。その時の原因が、自分にあったか相手側にあったのかは別にして、啄木のその後の人生に於いても心の古傷となって折につけては蘇り暗い影を落としたのである。後にそのことを察したユニオン会の仲間三人（夭逝した小野弘吉を除く）は、啄木の死後三〇年余を経て啄木のユニオン会「除名解除式」を行った。このことは当時も話題となり、雑誌や新聞などの記事として残っている。冒頭の歌が載っている歌集『一握の砂』の「煙」の章には他にも次のような歌がある。

友《とも》はみな或日《あるひ》四方《しはう》に散《ち》り行《ゆ》きぬ／その後八年《のちやとせ》／名挙《なあ》げしもなし（砂・196）

名歌鑑賞 68

〔反逆精神〕ストライキ思ひ出でても

出題：大室　精一

ストライキ思《おも》ひ出《い》でても
今《いま》は早《は》や〈①　〉躍《をど》らず
ひそかに淋《さび》し　（砂・171）

［意訳］　中学校時代のストライキを思い出しても、今ではもう興奮が湧かない淋しさよ。

［初出］　『スバル』明治43年11月号「秋のなかばに歌へる」

［鑑賞］　明治34年の新春、盛岡中学校では校内刷新を求めての気運が高まり授業のボイコットに発展。生徒側の首謀者である三年の②〈**及川八楼・野村胡堂・上野広一**〉は諭旨退学となり、教員の多くも異動の結末となった。啄木はその顛末を「富田先生が事」と題する一文にまとめ岩手日報の③〈**「十回通信」・「百回通信」・「千回通信」**〉に掲載している。啄木のその反逆精神は小説では④〈**「あこがれ」・「卓上一枝」・「雲は天才である」**〉にも描かれていて、その主人公である代用教員の⑤〈**千速健・横川松太郎・新田耕助**〉に色濃く反映している。

〔反逆精神〕ストライキ思ひ出でても

68の解説：大室 精一

ストライキ思《おも》ひ出《い》でても／今《いま》は早《は》や〈①我《わ》が血《ち》〉躍《をど》らず／ひそかに淋《さび》し　(砂・171)

明治34年の3月、盛岡中学に大事件が勃発する。それは〈②及川八楼〉を首謀者としての校内刷新を求めるストライキ事件である。この事件の顚末を啄木は後に岩手日報の〈③「百回通信」〉に「富田先生が事」の題で掲載していて、「当初予等の級より校長に差出したる嘆願書なるものは、実に佐藤君の下宿に徹宵して阿部君と小生との書ける物なりき。騒擾漸く大にして学年試験は無邪々々の間に過ぎ、四月職員の大更迭《かうてつ》あり。先生亦八戸に之《ゆ》かる。嵐去りて小生の心寂し。」と記しているので、発端は啄木の嘆願書であることが判明する。選択肢中の上野広一は、花婿不在の結婚式で仲人を務めた盛岡中学の後輩である。

啄木の反逆精神を描いた小説は自伝の趣を含む小説〈④「雲は天才である」〉が有名である。なお選択肢中の『あこがれ』は啄木の処女詩集、「卓上一枝」は評論である。「雲は天才である」の主人公は〈⑤新田耕助〉であるが、啄木の小説に登場する主人公、例えば「足跡」の千早健、「赤痢」の横川松太郎などにも啄木自身の姿が色濃く投影されているのが特色である。

名歌鑑賞
69

〔母校愛惜〕盛岡の中学校の

出題：佐藤　勝

盛岡《もりおか》の中学校《ちゆうがくかう》の
〈①　〉の
欄干《てすり》に最一度《もいちど》我《われ》を倚《よ》らしめ
（砂・172）

［意訳］盛岡中学校の二階の懐かしい手すりに、もう一度私を寄らしめよ。
［初出］「東京朝日新聞」明治43年10月19日号「新しき手帳より」
［鑑賞］こころならずも啄木は ② **〈盛岡中学・渋民中学・盛岡高校〉** の卒業を目前にして退学した。このことは啄木にとって生涯忘れることのできない悔いであり、その ③ **〈文学・恋人・友人〉** にも色濃く反映されている。

右の歌を詠んだのは東京に於いてであるが、啄木は生活と文学の狭間で苦しみながら、戻ることのできない青春を回顧する。それは ④ **〈卒業・結婚・就職〉** できなかった自分への愛惜であり、自分を放逐した ⑤ **〈母校・職場・教師〉** への複雑な思いでもあった。

〔母校愛惜〕盛岡の中学校の

69の解説：佐藤　勝

盛岡《もりおか》の中学校《ちゆうがくかう》の／〈①露台《バルコン》〉の／欄干《てすり》に最一度《もいちど》我《われ》を倚《よ》らしめ　（砂・172）

〈②盛岡中学校〉五年生の二学期に退学した啄木は生涯にわたって苦しめられた。

また、中学（旧制）中退という学歴は、その生涯に暗い影として付きまとった。それは啄木の**〈③文学〉**にも色濃く反映されている。

殊に東京での生活苦の根源でもあったから、盛岡中学校を**〈④卒業〉**できなかったことはすなわち人生の苦しみでもあった。自分を放逐した**〈⑤母校〉**への思いは複雑であった。なぜならその原因は自分にあったからである。

この歌を歌集で味わうためには、左に掲げた、本歌の前後の二首の歌なども合わせて読むことで、中学時代の躍動する啄木の思いと、不遇な現在の境遇との違いが浮き上がってきて深い鑑賞も可能となる。

ストライキ思《おも》ひ出《い》でても／今《いま》は早《は》や我《わ》が血躍《ちをど》らず／ひそかに淋《さび》し　（砂・171）

名歌鑑賞
70

〔故郷懐旧〕ふるさとの訛なつかし

出題：大室 精一

ふるさとの訛《なまり》なつかし
〈①　〉の人《ひと》ごみの中《なか》に
そを聴《き》きにゆく
（砂・199）

［意訳］故郷の訛が懐かしくなり、人ごみの中にそれを聞きにゆくのである。

［初出］「東京毎日新聞」明治43年3月28日号「春の霙」

［鑑賞］故郷を追われた啄木は、上京後にふるさとの方言が飛び交う当時の東北本線の発着駅②〈東京駅・上野駅・新橋駅〉の周辺を彷徨う。その心情は③〈坂本九・舟木一夫・井沢八郎〉が熱唱した歌謡曲の冒頭部「どこかに故郷の香をのせて入る列車のなつかしさ〜」の情感に類似しているように思われる。啄木のふるさとと言えばもちろん④〈函館・渋民・青森〉を指すが、特に「ふるさとの山《やま》に向《むか》ひて／⑤〈言ふ・望む・聞く〉ことなし／ふるさとの山《やま》はありがたきかな」（砂・252）は望郷の定番歌として全国に多数の歌碑が設置されている。

〔故郷懐旧〕ふるさとの訛なつかし

70の解説：大室 精一

ふるさとの訛《なまり》なつかし／〈①停車場《ていしやば》〉の人《ひと》ごみの中《なか》に／そを聴《き》きにゆく（砂・199）

当時の東北本線の始発駅（終着駅）は〈②上野駅〉であり、啄木はふるさとを懐かしみ、ふるさとの方言の飛び交う上野駅周辺を彷徨ったものと思われる。

〈③井沢八郎〉の歌う「ああ上野駅」の一番は「どこかに故郷の香りをのせて入る列車のなつかしさ　上野は俺らの心の駅だ　くじけちゃならない人生が　あの日ここから始まった」であるが、この歌詞にも上野駅が、田舎から上京してきた人々の心の拠り所になっていることが偲ばれる。上野駅13番線の発車時には「ああ上野駅」のメロディーが奏でられていた。

ところで、啄木はふるさとを追われるように離れているが、後にふるさとの歌を多作している。『一握の砂』の「煙　一」には、盛岡中学校時代の思い出の歌々が綴られているし、「煙　二」には、故郷である〈④渋民〉村を懐かしむ歌々が詠まれている。

その「煙　二」の章の冒頭歌が「ふるさとの訛《なまり》なつかし～」であり、章末歌が次の歌である。

ふるさとの山《やま》に向《むか》ひて／〈⑤言《い》ふ〉ことなし／ふるさとの山《やま》はありがたきかな（砂・252）

名歌鑑賞
71

〔故郷別離〕

あはれかの我の教へし

出題：佐藤 勝

あはれかの我《われ》の教《をし》へし
子等《こら》もまた
やがて〈①　　〉を棄《す》てて出《い》づるらむ　（砂・212）

[意訳] 我が教え子らも、やがては自分のように村を捨てるのであろうか。

[初出] 「スバル」明治43年11月号「秋のなかばに歌へる」

[鑑賞] 啄木の歌の多くは②**〈結句・中句・初句〉**にその思いがあふれるように吐露されているが、この歌の場合も同様である。啄木が③**〈代用教員・事務員・用務員〉**をしていた故郷の④**〈玉山村・渋民村・日戸村〉**での体験から生まれた歌である。啄木の故郷は東北の片田舎であり、村人の多くは⑤**〈農業・商店・会社〉**を営む人々の住むところである。しかし、その農業という過酷な労働に値する暮らしの保証されることはなかった。そのような故郷の村の人々を、啄木は遠く離れながらも思いやっていたのである。

〔故郷別離〕 あはれかの我の教へし

71の解説：佐藤　勝

あはれかの我《われ》の教《をし》へし／子等《こら》もまた／やがて〈①ふるさと〉を棄《す》てて出《い》づるらむ（砂・212）

啄木短歌の多くは**〈②結句〉**にその思いがこめられている。この歌の場合も同じで、啄木が**〈③代用教員〉**をしていた故郷**〈④渋民村〉**での体験から生まれた歌である。故郷の渋民村は東北の片田舎であり、村人の多くは**〈⑤農業〉**を営む人々である。しかし農家の多くは過酷な労働であるにもかかわらず、日々の暮らしを支えるのもおぼつかない状態である。

そのような村人たちに心を寄せた歌も多くある。

冒頭の歌は啄木の小説「雲は天才である」（明39・執筆）の主人公が代用教員として熱く語る「日本一の代用教員」の姿と重なる。

田《た》も畑《はた》も売《う》りて酒《さけ》のみ／ほろびゆくふるさと人《びと》に／心寄《こころよ》する日《ひ》（砂・211）

ふるさとを出《い》で来《き》し子等《こら》の／相会《あひあ》ひて／よろこぶにまさるかなしみはなし（砂・213）

これらの歌のような農家の暮らし向きは、啄木の小説「赤痢」（明42・1）や「天鵞絨」（明41・6）などの作品の中でも詳しく描かれている。そして啄木自身も私は「日本一の代用教員」だと言っているように、啄木の名実ともに熱い教員であった日の姿がしのばれる歌である。

名歌鑑賞 72

〔一家離散〕石をもて追はるるごとく

出題：大室 精一

石《いし》をもて追《お》はるるごとく
〈①　〉を出《い》でしかなしみ
消《き》ゆる時《とき》なし
（砂・214）

［意訳］石をもって追われるように一家離散した悲しい境遇は生涯忘れられない。

［初出］『スバル』明治43年11月号「秋のなかばに歌へる」

［鑑賞］明治40年5月、啄木の家族は追われるように故郷の渋民村を去る。それは父石川一禎の宝徳寺住職復帰運動に失敗したためである。その父は青森②〈弘前・野辺地・十和田〉の常光寺に行き、母は渋民、妻子は実家である盛岡の③〈堀合家・三浦家・須見家〉に身を寄せ、妹の光子は函館まで啄木と同行した後④〈札幌・釧路・小樽〉に向かう。それは姉トラの夫⑤〈山下・山上・山本〉千三郎が駅長として勤務していたからである。啄木の家族には「一家離散」の文字通り悲惨な運命が待ち構えていた。

〔一家離散〕石をもて追はるるごとく

72の解説：大室 精一

石《いし》をもて追《お》はるるごとく／〈①ふるさと〉を出《い》でしかなしみ／消《き》ゆる時《とき》なし（砂・214）

啄木の父石川一禎の宝徳寺住職復帰運動に失敗したため、啄木の家族は文字通り「一家離散」の運命に直面する。住職への復帰も期待されていた折、一禎が突然に家出をして事態が急変したことになる。

啄木は明治40年3月5日の日記に「此一日は、我家の記録の中で極めて重大な一日であつた。朝早く母の呼ぶ声に目をさますと、父上が居なくなつたといふ。予は覚えず声を出して泣いた。──中略──此朝の予の心地は、とても口にも筆にも尽せない。殆んど一ヶ年の間戦つた宝徳寺問題が、最後のきはに至つて致命の打撃を享けた。今の場合、モハヤ其望みの綱がスツカリきれて了つたのだ。」と記している。その結果、父の一禎は青森の〈②野辺地〉にある常光寺（因みに啄木の生れたのも同名の常光寺）に身を寄せ、母は渋民武道の米田長四郎方へ、妻子は妻の実家である盛岡の〈③堀合家〉へ、啄木は職を求めて函館へ、妹の光子は函館まで啄木に同行した後に〈④小樽〉へと向かう。光子が小樽に向かったのは、啄木の次姉トラの夫〈⑤山本〉千三郎が当時小樽駅長をしていたからである。

名歌鑑賞 73

〈農村風景〉 **宗次郎におかねが泣きて**

出題：佐藤 勝

宗次郎《そうじろ》に
おかねが泣《な》きて口説《くど》き居《を》り
〈①　〉の花白《はなしろ》きゆふぐれ
（砂・227）

［意訳］ 白い花の咲く夕暮れに女房のおかねが夫に、泣きながら生活の苦しさを訴えている。

［初出］ 『スバル』明治43年11月号「秋のなかばに歌へる」

［鑑賞］ 白い花が咲いている夕暮れの②**〈畑・山・家〉**の光景を詠んだ歌である。岩城之徳氏によればモデルは渋民の③**〈教員・農業・鉄道員〉**沼田惣次郎夫婦で、妻は通称④**〈おかね・およね・おとき〉**さん」（本名はイチ）と呼ばれていたという。イチが酒のみの夫に泣きながら生活の⑤**〈楽しさ・苦しさ・面白さ〉**を訴えていたのである。歌集『一握の砂』では、この歌に連ねて渋民村の農民たちの生活の苦しさを告発するような歌が多く載っている。「**あはれかの我《われ》の教《をし》へし**」（71項の歌参照）。なお、本歌には「口説き」を愛の告白に使う「口説き」と想定する説もある。

〔農村風景〕

宗次郎におかねが泣きて

73の解説：佐藤　勝

宗次郎《そうじろ》に／おかねが泣《な》きて口説《くど》き居《を》り／〈①大根《だいこん》〉の花白《はなしろ》きゆふぐれ（砂・227）

夕暮れの〈②畑〉の中で農婦が夫に日々の暮らしの苦しさ訴えている深刻な光景を詠んだ歌である。歌のモデルは渋民の〈③農業〉沼田惣次郎夫婦で妻は通称「〈④おかね〉さん」（本名はイチ）と呼ばれていたという。イチが酒のみの夫に泣きながら生活の〈⑤苦しさ〉を訴えているのである。歌集には本歌のほかにも暮らしの困窮した農民の歌が多く載っている。（71項の「あはれかの我の教へし」参照）。

なお、啄木は『スバル』に、本歌を含む110首の歌を「秋のなかばに歌へる」と題して一挙掲載したが、その一連の歌は、同年一二月に刊行された歌集『一握の砂』「煙　二」に、貧しい農村の歌と一緒に収められている。これは作者の意図がどこにあるかを示すもので、本歌の場合は前述の愛を告げる時の「口説き」の解釈は成り立たない。

田《た》も畑《はた》も売《う》りて酒《さけ》のみ／ほろびゆくふるさと人《びと》に／心寄《こころよ》する日《ひ》（砂・211）

年《とし》ごとに肺病《はいびやう》やみの殖《ふ》えてゆく／村《むら》に迎《むか》へし／若《わか》き医者《いしや》かな（砂・232）

名歌鑑賞
74

〔都会慕情〕馬鈴薯のうす紫の

出題：佐藤　勝

馬鈴薯《ばれいしよ》のうす紫《むらさき》の花《はな》に降《ふ》る
雨《あめ》を思《おも》へり
〈①　〉の雨《あめ》に　（砂・234）

［意訳］　都会の片隅で薄紫の馬鈴薯の花に降る雨を見て故郷の風景を思い出した。

［初出］　『スバル』明治43年11月号「秋のなかばに歌へる」

［鑑賞］　しくしくと降り続く憂鬱な②**〈都会・故郷・北海道〉**の雨の中で、ふと見た馬鈴薯のうす紫の花に、故郷の風景が浮かんできて心が慰められた。馬鈴薯の花は③**〈初冬・晩春・晩秋〉**から初夏に咲く花だ。歌集では④**〈故郷・北海道・東京〉**の風景として読めるように配列されているが、啄木の故郷（現・盛岡市渋民）ばかりではなく、実際の啄木の心に浮かんだ風景は、啄木が実際に見た可能性もある、広々とした北海道の⑤**〈キビ畑・馬鈴薯畑・アスパラ畑〉**の風景であったかも知れない。

〔都会慕情〕馬鈴薯のうす紫の

馬鈴薯《ばれいしよ》のうす紫《むらさき》の花《はな》に降《ふ》る／雨《あめ》を思《おも》へり／〈①都《みやこ》〉の雨《あめ》に　（砂・234）

74の解説：佐藤　勝

本歌の初出は「スバル」明治43年11月号である。降り続く〈②都会〉の憂鬱な雨の中で見た馬鈴薯のうす紫の花に心を慰められている啄木の心情が読み取れる秀歌である。

馬鈴薯の花は〈③晩春〉から初夏にかけて咲く花で、歌集の中では〈④故郷〉の風景として読めるように配列されている。しかし、馬鈴薯の花は啄木の故郷（現・盛岡市渋民）ばかりではない。実際の啄木の心に浮かんだ風景は、啄木が約一年間さまよった、あの広びろとした北海道の〈⑤馬鈴薯畑〉の風景であったかも知れない。この歌に続く歌集の中の歌などと合わせて読むことで、作歌した時の啄木の心情も浮かんでくる。

歌集中には前掲のほかに左記のような歌もある。

馬鈴薯《ばれいしよ》の花咲《はなさ》く頃《ころ》と／なれりけり／君《きみ》もこの花《はな》を好《す》きたまふらむ　（砂・424）

この歌は歌集ではまったく別のところに収録されているが、初出が『文章世界』（明43・11）であり、作歌時期の重なることを思うと、その時期の啄木の切ない思いも偲ばれる。

名歌鑑賞 75

〔秀才啄木〕 そのかみの神童の名の

出題：大室　精一

そのかみの神童《しんどう》の名《な》の
〈①　　　〉
ふるさとに来《き》て泣《な》くはそのこと　（砂・250）

［意訳］　その昔皆から神童と呼ばれた自分なのに。故郷に来て泣くのはそのことよ。

［初出］　『スバル』明治43年11月号「秋のなかばに歌へる」

［鑑賞］　学齢より一歳早く②〈日戸・渋民・玉山〉尋常小学校に入学した啄木は、卒業時には主席となるなど周囲から秀才として認められていた。③〈盛岡尋常中学校・盛岡中学校・盛岡第一高等学校〉には128名中10番の成績で入学したが、恋愛や④〈革命・政治・文学〉への傾倒により勉学への意欲を喪失する。右の歌は、上京し挫折した啄木の帰郷の心情を示している。当時を回想した歌の中には、「そのかみの学校一《がくかういち》の⑤〈なまけ者・反逆者・勤勉家〉／今《いま》は真面目《まじめ》に／はたらきて居《を》り」（砂・183）のように悔恨の情を詠んだものもある。

〔秀才啄木〕そのかみの神童の名の

75の解説：大室 精一

そのかみの神童《しんどう》の名《な》の／〈①かなしさよ〉／ふるさとに来《き》て泣《な》くはそのこと（砂・250）

啄木は少年時代に周囲から神童と呼ばれ、〈②渋民〉尋常小学校を卒業する時には首席で卒業し、さらに盛岡高等小学校を経て〈③盛岡尋常中学校〉（後に盛岡中学校、現在の盛岡第一高等学校）への入学は10番の成績で合格している。しかし、妻となる堀合節子との恋愛や〈④文学〉への傾倒により、次第に学業を疎かにするようになる。

文学では雑誌『明星』、特に与謝野晶子の『みだれ髪』の影響が顕著となり、晶子調の短歌を創作するようになる。盛岡中学校の四年時の欠席時数は287時間、五年生の一学期には出席時数が104時間に対し欠席時数は207時間であり、さらに試験でのカンニング行為も重なり、惨憺たる状況のまま退学届を提出し、上京して文学で身を立てようと決心する。

この歌は、文学に夢を求めたその上京も結局は挫折し、神童と呼ばれた昔の栄光を思い浮かべながら現実の悲哀に涙する心情の歌ということになる。後に東京朝日新聞社の校正係として夜勤も厭わず「真面目に」働く身になって、当時の自分を「学校一の〈⑤なまけ者〉」と自虐的に回想している点も微笑ましい。

名歌鑑賞 76

〔古典摂取〕 愁ひ来て丘にのぼれば

出題：大室　精一

愁《うれ》ひ来《き》て
丘《をか》にのぼれば
名《な》も知《し》らぬ鳥《とり》啄《ついば》めり赤《あか》き〈①　　〉の実《み》　（砂・262）

［意訳］　青春の愁いを抱いて丘に登ると、名も知らない鳥が赤い実を啄んでいる。

［初出］　『明星』明治41年10月号「虚白集」

［鑑賞］　啄木には古典の影響を感じさせる歌も多いが、この歌は②**〈芭蕉・蕪村・西行〉**の、

愁ひつつ岡にのぼれば　③**〈花いばら・花水仙・花桜〉**

のイメージがそのまま映像化されている。また、北原白秋の詩の一節「茨のなかの紅き実を啄**み去るを**」の影響も指摘されている。

啄木の短歌は中学時代に与謝野晶子　④**〈『別離』・『赤光』・『みだれ髪』〉**の模倣からスタートしていて、古典文学では⑤**〈『万葉集』・『古今和歌集』・『百人一首』〉**の影響もうかがわれる。

〔古典摂取〕 愁ひ来て丘にのぼれば

76の解説：大室精一

愁《うれ》ひ来《き》て／丘《をか》にのぼれば／名《な》も知《し》らぬ鳥《とり》啄《ついば》めり赤《あか》き〈①茨《ばら》〉の実《み》（砂・262）

右の歌は色彩感覚も鮮やかであり、啄木叙景歌の中でも屈指の名歌として定評がある。しかし、その絵画的な美しい景は実は実景を描写したものではない。啄木の明治41年8月5日の日記によれば「床につきて蕪村句集を読む。唯々驚くに堪へたり。四時の時計をきいて初めて巻を捨てて燈を消せり。」と記されているので、作歌直前に啄木は**〈②蕪村〉**を愛読していたことがわかる。すると当然、蕪村の代表作「**愁ひつつ岡にのぼれば〈③花いばら〉**」のイメージを踏まえて、まるで本歌取りのような手法で再現した叙景歌ということが判明する。

ところで、啄木の短歌は与謝野晶子の**〈④『みだれ髪』〉**に影響され、その模倣からスタートしていることは広く知られているが、古典文学からの影響も深く、中でも**〈⑤『万葉集』〉**との歌語の類似は顕著である。「爾伎多麻《にぎたま》」一の巻（明治34年9月21日）には啄木の「嗜好」が記されていて、「本」の項目には「乱髪、万葉、テニソンノ詩（但シコレハ未ダ読マズ）とあるので、『みだれ髪』や『万葉集』はすでに中学時代から折に触れて愛読していたものと思われる。

名歌鑑賞
77

〔北国流離〕しらしらと氷かがやき

出題：大室　精一

しらしらと氷《こほり》かがやき
千鳥《ちどり》なく
〈①　〉の海《うみ》の冬《ふゆ》の月《つき》かな　（砂・384）

［意訳］白い氷が一面に輝き、千鳥が鳴いている海岸の冬の月夜の光景よ。

［初出］「東京朝日新聞」明治43年5月9日号「手帳の中より」

［鑑賞］右の歌は「②〈北海の・さいはての・極寒の〉駅《えき》に下《お》り立《た》ち／雪《ゆき》あかり／さびしき町《まち》にあゆみ入《い》りにき」（砂・383）と並び「釧路歌群」の冒頭に配列されている。そしてこの地は、函館から札幌へ、そして③〈小樽・網走・稚内〉へと続いた啄木の北海道流離の旅の最終地となる。

歌の舞台となる海岸散策の同行者は佐藤衣川と④〈堀田秀子・平山良子・梅川操〉であり、初出歌と季節が異なることから⑤〈流氷・千鳥・偽作〉論争が展開されている。

〔北国流離〕 しらしらと氷かがやき

77の解説：大室 精一

しらしらと氷《こほり》かがやき／千鳥《ちどり》なく／〈①釧路《くしろ》〉の海《うみ》の冬《ふゆ》の月《つき》かな（砂・384）

右の歌は次の歌と並び、「忘れがたき人人　二」における「釧路歌群」の冒頭に配列されている。

〈②さいはての〉駅《えき》に下《お》り立《た》ち／雪《ゆき》あかり／さびしき町《まち》にあゆみ入《い》りにき（砂・383）

啄木の北海道における旅は、函館から札幌へ、そして**〈③小樽〉**から最終地の釧路へと辿り着くことになるが、二首は流離の悲哀が偲ばれる名歌として定評がある。明治41年3月17日の日記によれば、啄木は釧路の知人、佐藤衣川・**〈④梅川操〉**と海岸を散策していて「生れて初めて千鳥を聞いた。」と、その感動を記している。

ところで「**しらしらと～**」の歌の初出は明治43年5月9日付の「東京朝日新聞」であった。

しら〳〵と氷かゞやき千鳥啼く釧路《くしろ》の海も思出にあり

明らかに下二句は初出の「**釧路《くしろ》の海も思出にあり**」から、『一握の砂』では「**釧路《くしろ》の海《うみ》の冬《ふゆ》の月《つき》かな**」に推敲されていることになる。その結果、「釧路の二月に千鳥は来ない」という科学的実証主義の「千鳥」否定説と、「感動的に啄木はそう信じた」という主情主義の「千鳥」容認説との所謂**〈⑤千鳥〉**論争が長期間にわたり展開されている。

名歌鑑賞 78

〔刻苦勉励〕

あはれかの国のはてにて

出題：佐藤　勝

あはれかの国《くに》のはてにて
〈①　〉のみき
かなしみの滓《をり》を啜《すす》るごとくに　（砂・387）

［意訳］北国の果てで、〈①　〉に親しんだ日々は心の哀しみを啜るようであった。

［初出］『一握の砂』

［鑑賞］酷寒の北海道を約一年間②**〈函館・札幌・小樽〉**を振り出しに転々とした啄木には、その生活が如何に厳しいものであったかが切なく思い出される。啄木の主な仕事は③**〈中学教師・新聞記者・炭鉱夫〉**であったが、職場は函館、札幌、小樽、④**〈釧路・室蘭・旭川〉**と転じた。右の歌は、そのような中で過ごした⑤**〈自分・妻子・母親〉**を思い出して詠んだもので、ほかに次のような歌もある。これらは、かつての自分を哀れんで詠んだ回想歌である。

こほりたるインクの罎《びん》を／火《ひ》に翳《かざ》し／涙《なみだ》ながれぬともしびの下《もと》（砂・385）

〔刻苦勉励〕

あはれかの国のはてにて

78の解説：佐藤　勝

あはれかの国《くに》のはてにて／〈①酒《さけ》〉のみき／かなしみの滓《をり》を啜《すす》るごとくに（砂・387）

酷寒の北海道を約一年間**〈②函館〉**から北へ北へと転じた。啄木の主な仕事は**〈③新聞記者〉**であり、最後は当時の最果ての地であった**〈④釧路〉**へ転じた。右の歌は、そのような中で過ごした過去の**〈⑤自分〉**を詠んだ歌で、上田博氏の指摘するように本歌は「かなしみ」を忘れたいがために「酒」をもとめた啄木の気持ちを表現したものであった。しかし「酒」は逆に「かなしみ」を集めてくる仕業にでたのであった。歌集『一握の砂』の「秋風のこころよさに」の中にある歌とも呼応するところがあるので併せて鑑賞されると歌の味わいも深まる。

汪然《わうぜん》として／ああ酒《さけ》のかなしみぞ我《われ》に来《きた》れる／立《た》ちて舞《ま》ひなむ（砂・281）

右の歌からは酒に強い人ではなかった啄木の生活環境なども見えてくる。

ほかに次のような歌もある。これらの歌からも、極寒の地に過ごした自分を思い、それを力として再起を計ろうとした啄木の強い思いが伝わってくる。

酒《さけ》のめば悲《かな》しみ一時《いちじ》に湧《わ》き来《く》るを／寝《ね》て夢《ゆめ》みぬを／うれしとはせし（砂・388）

出《だ》しぬけの女《をんな》の笑《わら》ひ／身《み》に沁《し》みき／厨《くりや》に酒《さけ》の凍《こほ》る真夜中《まよなか》（砂・389）

名歌鑑賞
79
〔花柳彷徨〕小奴といひし女の
出題：大室　精一

小奴《こやつこ》といひし女《をんな》の
やはらかき
〈①　〉なども忘《わす》れがたかり
（砂・391）

［意訳］　釧路の芸妓小奴の柔らかい肌触りなども忘れがたく懐かしいことよ。
［初出］　『一握の砂』
［鑑賞］　右の歌に登場する女性小奴は②**〈喜望楼・鹿島屋・鶤寅〉**の看板芸妓である。当時の啄木は釧路新聞の三面主任として③**〈「紅筆便り」・「桃筆便り」・「青筆便り」〉**という花柳界記事を連載していたので、それを縁に交流が始まる。その縁はとても深く、『一握の砂』に十二首もの関連歌が連続して配列されていたり、啄木の小説④**〈「葬列」・「菊池君」・「鳥影」〉**にも市子として登場していたりするほどである。「かなしきは／かの白玉《しらたま》のごとくなる腕《うで》に残《のこ》せし／⑤**〈接吻・くちづけ・キス〉**の痕《あと》かな」（砂・398）の歌も有名である。

〔花柳彷徨〕 小奴といひし女の

79の解説：大室 精一

小奴《こやつこ》といひし女《をんな》の／やはらかき／〈①耳朶《みみたぼ》〉なども忘《わす》れがたかり（砂・391）

小奴の本名は坪ジンであり、啄木が釧路新聞社に勤務していた時期に深い交渉があった。小奴は釧路の②〈鶤寅《しゃもとら》〉の看板芸妓であることから、啄木が釧路新聞に〈③「紅筆便り」〉という花柳界記事を連載していた縁で知り合った。唄や踊りが群を抜いていて、短歌も作る文学少女であることから、啄木は自分の妹のように可愛がり、小説〈④「菊池君」〉にも市子として登場している。

小奴を詠んだ歌は多く、なかでも有名なのが次の歌である。

かなしきは／かの白玉《しらたま》のごとくなる腕《うで》に残《のこ》せし／〈⑤キス〉の痕《あと》かな（砂・398）

他に、同じ「キス」をテーマにした歌など、啄木は小奴の歌を12首も詠んでいる。

きしきしと寒《さむ》さに踏《ふ》めば板軋《いたきし》む／かへりの廊下《らうか》の／不意《ふい》のくちづけ（砂・401）

よりそひて／深夜《しんや》の雪《ゆき》の中《なか》に立《た》つ／女《をんな》の右手《めて》のあたたかさかな（砂・392）

死《し》にたくはないかと言《い》へば／これ見《み》よと／咽喉《のんど》の痍《きず》を見《み》せし女《をんな》かな（砂・393）

小奴は、晩年に啄木との思い出を「六十路過ぎ十九の春をしみじみと君が歌集に残る思出」と振り返り、懐かしんでいる。

名歌鑑賞
80

〔函館慕情〕 頬の寒き流離の旅の

出題：佐藤　勝

頬《ほ》の寒《さむ》き
流離《りうり》の旅《たび》の〈①　〉として
路問《みちと》ふほどのこと言《い》ひしのみ　（砂・416）

［意訳］　頬の寒さを嘆く旅の身なので、道を聞く程のことを話したのみであった。

［初出］　『創作』明治43年5月号「手を眺めつつ」

［鑑賞］　啄木は北海道に渡って、まず代用教員として函館区の ②〈公立弥生尋常・青柳・港〉小学校で教鞭をとった。そこで同僚として勤務する橘智恵子という女性を知った。しかし二人の関係は啄木が一方的に彼女の清楚で ③〈鹿の子百合・白百合・姫百合〉のような美しさに魅せられてひっそりと思いを寄せるにとどまった。それは啄木自身が自分は ④〈無学・旅人・僧侶〉の身であることを自覚していたからで、歌集には橘智恵子を詠んだ次のような歌が22首もある。

さりげなく言《い》ひし言葉《ことば》は／さりげなく君《きみ》も聴《き》きつらむ／それだけのこと（砂・417）

〔函館慕情〕 頬の寒き流離の旅の

80の解説・佐藤　勝

頬《ほ》の寒《さむ》き／流離《りうり》の旅《たび》の〈①人《ひと》〉として／路問《みちと》ふほどのこと言《い》ひしのみ（砂・416）

「頬の寒き」または「頬の寒い」とは「身なりが貧相なこと」「頬がこけ落ちてみすぼらしいこと」の意味である。それを知っていて啄木は自分を「流離の旅の人」と詠んだのである。かつて故郷の渋民村を追われるように出て北海道函館に渡り、函館の〈**②公立弥生尋常小学校**〉で代用教員として教鞭をとった。そこで同僚として勤務する橘智恵子を知った。しかし二人の関係は啄木が一方的に智恵子の〈**③鹿の子百合**〉のような清楚な美しさに魅せられて思いを寄せるにとどまった。それは啄木自身が〈**④旅人**〉の身であることを自覚していたからである。友を頼って落ちて行く旅の身の自分を啄木はこのような言葉で振り返ったのである。

橘智恵子については前述のように、歌集中の「忘れがたき人人　二」という章をもって、22首の歌を捧げていることからも、思いの浅からぬことは読み取れるが、ここでは啄木の心の純情に触れる左記の歌を紹介するにとどめる。

かの時《とき》に言《い》ひそびれたる／大切《たいせつ》の言葉《ことば》は今《いま》も／胸《むね》にのこれど（砂・420）

名歌鑑賞
81

〔片恋純情〕君に似し姿を街に

出題：平山　陽

君《きみ》に似《に》し姿《すがた》を街《まち》に見《み》る時《とき》の
こころ躍《をど》りを
〈①　〉と思《おも》へ
（砂・428）

［意訳］君に似た姿を街で見かけると心が躍ります。〈①　〉と思って欲しい。

［初出］『文章世界』明治43年11月号「路問ふほどのこと」

［鑑賞］北海道で出会った②〈**橘智恵子・小奴・上野さめ**〉という女性に思いを寄せる啄木が、遠く東京で詠んだ歌である。遠い地にいる憧れの人を思う男心が上手く歌われている。一人、街を歩くと目の前に〈②　〉そっくりな後姿を見つける。心が浮かれ、自然に顔が見たくなり、近づいて行くと全くの別人だ。この間の心躍りを貴女には〈①　〉と思って欲しい。でも自分は貴女の事をこんなに強く思っているのです。

どんな③〈**ラブレター・絵葉書・婚約届**〉よりも強烈な印象を残す歌である。

〔片恋純情〕君に似し姿を街に

81の解説：平山　陽

君《きみ》に似《に》し姿《すがた》を街《まち》に見《み》る時《とき》の／こころ躍《をど》りを／〈①あはれ〉と思《おも》へ（砂・428）

北海道で出会った**〈②橘智恵子〉**に向けて贈った歌である。『一握の砂』の「忘れがたき人人　二」の22首が橘智恵子に贈った歌となっている程、啄木は智恵子に対して憧れの心を抱いていた。この歌は明治41年に小説で身を立てるために北海道から東京に上京してきた啄木が遠く北海道にいる智恵子に思いを馳せて詠まれている。街を歩いている時に、ふいに智恵子とそっくりな後姿を見る。ただそれだけで心が躍る。啄木がプラトニックに智恵子を思う心がストレートに表現されている。

一連の智恵子歌には、他にも、

死《し》ぬまでに一度《いちど》会《あ》はむと／言《い》ひやらば／君《きみ》もかすかにうなづくらむか（砂・432）

等、誰もが人を愛した時に、胸が痛くなるほどの想いを吐き出したような名歌が続く。名著『一握の砂』のもう一つの側面として、啄木から智恵子への強烈な**〈③ラブレター〉**としての顔があると感じる。女性が受け取った時、思わず頬を赤らめてしまうことであろう。

啄木の愛した橘智恵子は、大正11年11月1日、産褥熱のために33歳の若さでこの世を去った。

名歌鑑賞
82

〔思索休息〕
朝の湯の湯槽のふちに

出題：平山　陽

朝《あさ》の湯《ゆ》の
湯槽《ゆぶね》のふちにうなじ載《の》せ
ゆるく〈①　〉する物思《ものおも》ひかな　（砂・439）

【意訳】朝湯にじっと浸かり天井を仰ぎふと〈①　〉を吐き、物思いにふける。

【初出】『創作』明治43年5月号「手を眺めつつ」

【鑑賞】朝の湯に浸かる。日々の喧騒に疲れた心と身体を湯船に投げ出している姿が目に浮かんでくる。生活の悩みを詠った歌が多い啄木短歌の中において、時折、このようにほのぼのとした安らぐ歌がある。

明治時代のある朝に、「湯槽」にうなじをのせて、ふと〈①　〉を吐く時、様々な事が頭に浮かび消えていく。②〈湯煙・線香・雲〉に包まれた世界で「物思ひ」に耽る。この歌を詠むだけで全身が③〈癒される・総毛だつ・痺れる〉ような気持になる。

〔思索休息〕朝の湯の湯槽のふちに

82の解説：平山　陽

朝《あさ》の湯《ゆ》の／湯槽《ゆぶね》のふちにうなじ載《の》せ／ゆるく〈①息《いき》〉する物思《ものおも》ひかな（砂・439）

この歌ほど、ほっとする歌はないのではないだろうか？　安らぎの歌でも、どこか淋しさや切なさを感じる歌が多い啄木の短歌の中で、無条件で**〈③癒される〉**ことが出来る。それは家庭問題や金銭的困窮、文学的な行き詰まりなどの精神的な疲弊の中で日々働く啄木が詠むからこその癒し効果なのだと思う。

この歌から感じ取れる状況は真っ白な**〈②湯煙〉**の中に差し込む光、うなじを湯槽にのせて天井を仰ぐ。思わず息を吐く。昨日までの悩みや、これからの憂鬱から一瞬でも解放される幸福感。その一瞬を切り取った名歌だと言える。日常の何気ない瞬間が実は至上の幸せである事は多い。

啄木は何を「物思ひ」したのだろうか？　「湯」という生命の活力が溢れだしているような印象も受ける。

生きている恵みを感じ、明日への戦いに挑む前の束の間の幸せを感じたい時は、この歌をぜひとも声に出して読むことをお勧めしたい。

名歌鑑賞
83

〔二重生活〕新しき本を買ひ来て

出題：平山　陽

新《あたら》しき本《ほん》を買《か》ひ来《き》て読《よ》む〈①　〉の
そのたのしさも
長《なが》くわすれぬ
（砂・443）

【意訳】新しい本を買ってきて読み更ける〈①　〉の楽しさを長く忘れていた。

【初出】『東京毎日新聞』明治43年3月28日号「春の霙」

【鑑賞】この歌が詠まれたのは明治43年の春。その直前の3月13日に啄木は宮崎郁雨宛の書簡の中で自己一人の問題と家庭関係及び、社交性関係の二重生活を営むほかに生きる道はない、「〈②　〉を〈**生活・文学・労働**〉それ自身がワナだ！」と書き送っている。家族を守るために真剣に考えて仕事に励んだが、一方〈②　〉から逃亡したい気持ちになっていた。それが無理だと知った時、人に〈③〈**家族・自分・日記**〉〉を見せなくなった。そんな時に文学と出会った頃、新しい本を深夜まで読み続けた楽しみさえも長い間忘れていたことを悲しいと思う。

〔二重生活〕 新しき本を買ひ来て

新《あた》しき本《ほん》を買《か》ひ来《き》て読《よ》む〈①夜半《よは》〉の／そのたのしさも／長《なが》くわすれぬ（砂・443）

83の解説：平山 陽

明治43年3月13日、啄木が函館の宮崎郁雨に送った手紙が、この歌を読み解くヒントになっていると思う。「二重の生活を営むより外に、この世に生きる途はない様に思つて来出した」と記し、「自己一人の問題と家庭及び社交性関係における問題を意識して区別する生活を止むを得ず送っている」としている。「〈②生活〉それ自身がワナだ！」と気付き、逃げられないワナだと知った時に〈③自分〉自身を人に見せなくなったと結論付けている。当時の啄木は家族を守るために仕事に集中しないといけない暮らしを送っていた。しかし、その状況の中で生活に悩み苦しんでいたのである。

この書簡には「文学といふ事を忘れてくらす日が三日に一日はある、然し忘れてゐても捨てはしない」と文学への思いを吐き出していると同時に「僕の思想は急激に変化した、僕の心は隅から隅まで、もとの僕ではなくなつた」と自分の変化も書き綴っている。この状況の中で、悩みもなく生活の心配もなかった盛中時代に、文学と出会い、新しい本を買った日は深夜になるまで楽しんで読んだ。あの気持ちすら長い間忘れていたことに気づき憂いたのかも知れない。

※後ろから2行目「学生時代」↓「盛中時代」 ※啄木が大学に入ったと誤解されないため。

名歌鑑賞
84

〔都会粉雪〕春の雪銀座の裏の

出題：平山　陽

春《はる》の雪《ゆき》
銀座《ぎんざ》の裏《うら》の三階《さんがい》の煉瓦造《れんぐわづくり》に
〈①　　〉に降《ふ》る　　（砂・453）

［意訳］　春の雪が銀座の裏の三階の煉瓦造の建物に〈①　　〉に降る。

［初出］　『東京朝日新聞』明治43年5月16日号「手帳の中より」

［鑑賞］　啄木が勤めていた銀座の朝日新聞本社の近くの情景を詠った歌である。啄木は煉瓦造に囲まれた大都会の真ん中に降る季節はずれの雪を眺め、故郷・渋民村で見た雪を思い出したのだろうか？　この都会に〈①　　〉く降る雪が、積もることもなく消えてゆく。

因みに銀座の煉瓦造の街は明治5年の②〈**銀座大火・太平洋戦争・大逆事件**〉をきっかけに作られた町並みで、③〈**関東大震災・日露戦争・東京大空襲**〉によって焼失した。啄木のいた時代はまさに煉瓦造の街並みであった。

〔都会粉雪〕春の雪銀座の裏の

84の解説：平山　陽

春《はる》の雪《ゆき》／銀座《ぎんざ》の裏《うら》の三階《さんがい》の煉瓦造《れんぐわづくり》に／〈①やはらか〉に降《ふ》る（砂・453）

東北に生まれ育った啄木にとって雪は特別な存在なのかもしれない。時には恋愛に火照る頬を埋めて冷まし、時には真っ白な銀世界を歩き続けた。時は経ち、上京して銀座の朝日新聞社で働く自分は、もうかつての自分とは違っていた。そんな時にふとあの日と同じく雪が舞う。銀座の建物は、煉瓦造りに柔らかく舞う粉雪が、煉瓦の壁面にやさしくぶつかっては溶けていく。生活者として仕事に専念していた啄木にとって、故郷を思える瞬間だったのではないだろうか？

銀座は柳の並木が当時から有名だが、啄木ゆかりの盛岡の北上川沿いにも柳が並び、啄木の郷愁を誘ったのではないかと思う。因みに、銀座が煉瓦街になったきっかけは、明治5年に起きた〈②銀座大火〉により焼けた町の再建方法として不燃性の煉瓦での建設が計画された事による。ロンドンのリージェンストリートをモデルにし、最終的には明治10年に完成した。しかし、大正12年の〈③関東大震災〉のために焼失してしまった。

名歌鑑賞 85

〈孤独感情〉用もなき文など長く

出題：平山　陽

用《よう》もなき文《ふみ》など長《なが》く書《か》きさして
ふと〈①　〉こひし
街《まち》に出《で》てゆく
（砂・473）

［意訳］　用のない文などを途中で書き止めて、〈①　〉恋しくなり街に出ていく。

［初出］　『東京毎日新聞』明治43年4月25日号「四月のひと日」

［鑑賞］　都会の暮しの中で誰もが体験したことがある感情をうまく詠んだ歌である。夕暮れ時にふと感じる②**〈孤独感・幸福感・罪悪感〉**。無性に〈①　〉が恋しくなる。そんな時、意味もなく街に出て、③**〈都会の喧騒・自然・女性〉**に触れてみたくなる。「用もなき文」と詠まれている部分もあるが、啄木にとって書くという行為は決して用のないはずはなかった。だが、世の中には必要とされていないという気持ちを表したかったのではないか？　だから、自分が世間から疎外されてしまったような気持ちになり街に飛び出して行きたくなる。

〔孤独感情〕 用もなき文など長く

85の解説：平山　陽

用《よう》もなき文《ふみ》など長《なが》く書《か》きさして／ふと〈①人《ひと》〉こひし／街《まち》に出《で》てゆく（砂・473）

あくまでも、著者の勝手な解釈であるが、導入部分の「用も無き文など長く書きさして」という部分の「文」という存在が啄木そのものを表して、「街」は世の中と考える。そうすると、《自分は世間に必要とされていないのではないかという不安に駆られ、今まで書いた文章を投げ出して、もっと大衆に受ける文学で世の中に出て行きたくなる》という読み方が出来る。

啄木短歌に限らず、このように裏の意味を自分なりに考えることで、物を読むということがもっと楽しくなることがある。

目線を一般論に戻すと、この歌は、読者の誰もが体験した事があり、共感を覚えやすい歌になっている。一人暮らしの夕暮れ時などに、ふと〈②孤独感〉を感じる。無性に人恋しくなって急に街に繰り出して〈③都会の喧騒〉に触れてみたくなる。

さらには、仕事や学校を一日休んだだけで、部屋にいると、ひどく取り残されてしまったような気持ちになる。まるでドラマのワンシーンを見ているような感覚にさせてくれる素晴らしい歌だと感じる。生活の一部分を抜き取り感傷的にしてくれる啄木短歌の真骨頂だ。

名歌鑑賞
86

〔革命思想〕赤紙の表紙手擦れし

出題：大室　精一

赤紙《あかがみ》の表紙《へうし》手擦《てず》れし
〈①　　〉の
書《ふみ》を行李《かうり》の底《そこ》にさがす日《ひ》
（砂・507）

［意訳］表紙が手擦れしている赤紙の書を、久しぶりに行李の底から探し出す日よ。

［初出］「東京朝日新聞」明治43年8月7日号「手帳の中より」

［鑑賞］啄木は発禁の社会主義文献を愛読した時期がある。右の歌の「赤紙の書」は正確には不明ながら、啄木の死後に行李の底から発見された19冊の中なら②**〈堺利彦・幸徳秋水・北一輝〉**著『平民主義』の可能性もある。そしてその著者は③**〈大逆事件・赤旗事件・日比谷焼打事件〉**で処刑されている。その他、啄木の思想に影響を与えた著書には④**〈菅野すが・河上肇・国木田独歩〉**の『社会主義評論』、及び⑤**〈ナポレオン・ツルゲーネフ・クロポトキン〉**の『麵麭《パン》の略取』等も挙げられる。『麵麭の略取』は届出即日発禁処分の書である。

〔革命思想〕 赤紙の表紙手擦れし

86の解説：大室 精一

赤紙《あかがみ》の表紙《へうし》手擦《てず》れし／〈①国禁《こくきん》〉の／書《ふみ》を行李《かうり》の底《そこ》にさがす日《ひ》（砂・507）

啄木は発禁の社会主義文献を耽読していた時期があり、右の歌の「国禁の書」は『平民主義』の可能性が指摘されている。

その『平民主義』の著者である**〈②幸徳秋水〉**は**〈③大逆事件〉**で処刑されている。世の流れは「時代閉塞」感に覆われていたが、啄木には「新しき明日」を見据える眼があり、その思想を育むためには「国禁の書」の理解が不可欠と考えていたことが偲ばれる。

啄木の死後に発見された「国禁の書」としては、**〈④河上肇〉**の『社会主義評論』、**〈⑤クロポトキン〉**の『麺麭の略取』、久津見蕨村の『無政府主義』、さらに特に耽読していたと思われる秋水においては『平民主義』の他に『帝国主義』『社会主義神髄』なども含まれていたことが判明している。

啄木の革命思想に関連する歌には、他に次のようなものが認められる。

友《とも》も、妻《つま》も、かなしと思《おも》ふらし――／■病《や》みても猶《なほ》、／■革命《かくめい》のこと口《くち》に絶《た》たねば。（玩・146）

「労働者《らうどうしや》」「革命《かくめい》」などといふ言葉《ことば》を／■聞《き》きおぼえたる／■五歳《いつつ》の子《こ》かな。（玩・159）

名歌鑑賞
87

〔真一挽歌〕夜おそくつとめ先より

出題：大室　精一

夜《よる》おそく
つとめ先《さき》よりかへり来《き》て
今死《いまし》にしてふ〈①〉を抱《だ》けるかな

（砂・544）

［意訳］　夜遅くに勤め先から帰り、今死んだばかりの我が子を抱きしめた。

［初出］　『スバル』明治43年12月号「死」

［鑑賞］　啄木の長男である真一の名は、朝日新聞に採用してくれた②〈佐藤・渋川・池辺〉（北江）編集長の本名から採っている。因みに長女の名は、生涯の恩人である③〈宮崎郁雨・夏目漱石・金田一京助〉の名を一字採用している。

待望の長男誕生であったが、真一は生れて僅か④〈二十四日・五十五日・九十九日〉で死去。その深い悲しみの心情は『一握の砂』末尾に八首の挽歌で表現されている。

葬儀は浅草の⑤〈宝徳寺・了源寺・等光寺〉で執り行われた。

〔真一挽歌〕夜おそくつとめ先より

87の解説：大室 精一

夜《よる》おそく／つとめ先《さき》よりかへり来《き》て／今《いま》死《し》にしてふ〈①児《こ》〉を抱《だ》けるかな（砂・544）

明治43年10月、啄木に待望の長男が生まれる。長男の名は啄木を朝日新聞に採用してくれた恩人の〈②佐藤〉真一（北江）編集長の名を採り「真一」と命名している。佐藤は実は盛岡中学（前身の巖手中學校）の先輩でもある。因みに長女の名前は京子であるが、これは〈③金田一京助〉の「京」を採用したとの説もある。真偽は不明ながら、恩人に報いようとする啄木の人柄が偲ばれるエピソードである。

ところで、真一は虚弱であり、生れて僅か〈④二十四日〉で亡くなり、葬儀は浅草の〈⑤了源寺〉で執り行われている。啄木の処女歌集『一握の砂』の末尾は、長男真一の死を悼む「真一挽歌」八首で閉じられているが、これらの歌には、啄木の慟哭の想いが込められている。

二三《ふたみ》こゑ／いまはのきはに微《かす》かにも泣《な》きしといふに／なみだ誘《さそ》はる」（砂・545）

真白《ましろ》なる大根《だいこん》の根《ね》の肥《こ》ゆる頃《ころ》／うまれて／やがて死《し》にし児《こ》のあり」（砂・546）

かなしくも／夜明《よあ》くるまでは残《のこ》りゐぬ／息《いき》きれし児《こ》の肌《はだ》のぬくもり」（砂・551）

名歌鑑賞
88

〔見栄外出〕家を出て五町ばかりは

出題：平山　陽

家《いへ》を出《で》て五町《ちやう》ばかりは
用《よう》のある人《ひと》のごとくに
〈①　　〉みたれど――

（玩・8）

【意訳】家を出て500メートル程は、用のある人のように〈①　　〉みたけれど――。

【初出】『悲しき玩具』

【鑑賞】現代でも色々な人に当てはまる歌ではないだろうか？　特に都会で生きる人には強く共感を呼ぶ歌かと思う。無職の人は、昼間外に出ることも人の②〈目・耳・口〉が気になるものだ。世間の目の呪縛。③〈解雇・左遷・昇進〉されたことを妻に言えない男は会社に行くかのように家を出て行く。啄木も明治41年の上京から42年の朝日新聞入社までは無職に近く、外出時には何か用があるように装って出かけて行ったのかもしれない。明治時代も用があって外出しているという理由づけが必要な世の中だったのだろう。

〔見栄外出〕家を出て五町ばかりは

88の解説：平山　陽

家《いへ》を出《で》て五町《ちやう》ばかりは／用《よう》のある人《ひと》のごとくに／〈①歩《ある》いて〉みたれど——（玩・8）

この歌を読む時に「見栄」という言葉を念頭に置いて読むと理解できると思う。何故、「見栄」を張らなければいけないのかと言えば、世の中の〈②目〉があるからである。現代に置き換えて考えると、無職の人が昼間ブラブラと外を歩いていると、近所の噂になり外出がしずらくなる。見栄は家庭内にも存在する。会社に突然〈③解雇〉され、次の仕事が決まらない時、妻に伝えられず「見栄」を張ってしまう。

こんな時、この歌のように、用がある人のごとくに町を歩いてしまうのだ。誰が見ているわけでもないのだが、それは全て「見栄」からくる行動だと言えるだろう。そんな人間の心の中を見透かしたように歌を詠む啄木。これも自己の経験からくる作歌なのだと思う。

明治41年に上京し、定職に就かずに生活していた啄木は金田一京助の援助を受けていた。そんな時に外出するにも、何か用があるかのごとく振る舞っていた様子が想像できる。もっとも、詠まれた時期から考えると、真面目に就労していた頃であるため、妻に仕事と偽って遊びに出かけた際に詠んだのではないか？　などと空想を楽しめる歌だ。

名歌鑑賞
89

〔季節体感〕 なつかしき冬の朝かな。

出題：平山　陽

なつかしき冬《ふゆ》の朝《あさ》かな。
湯《ゆ》をのめば、
湯気《ゆげ》がやはらかに〈①　〉にかかれり。　（玩・11）

［意訳］　冬の朝に湯を飲めば、湯気がやわらかく〈①　〉にかかるのが懐かしい。
［初出］　『秀才文壇』明治44年1月号「十二月」
［鑑賞］　季節の移ろいを感じさせてくれる歌である。春が来れば桜、夏が来れば海、秋が来れば紅葉、冬が来れば雪などと大きく分類しても、その季節を感じる代名詞がある。啄木はもっと②〈生活・仕事・夢〉に近づいてこの歌を詠んでいる。
　人それぞれだが、彼は生活習慣の中で、冬が来れば朝に湯を飲んでいたのだろう。今年も冬がやって来た。③〈寒さ・熱さ・眠さ〉の中で湯を飲もうとすると、優しい湯気が〈①　〉にかかる。これだけでも冬を懐かしく思い出す。冬の朝の一コマを切り取った素晴らしい歌だと思う。

〔季節体感〕 なつかしき冬の朝かな。

89の解説：平山　陽

なつかしき冬《ふゆ》の朝《あさ》かな。／湯《ゆ》をのめば、／湯気《ゆげ》がやはらかに〈①顔《かほ》〉にかかれり。（玩・11）

季節の移ろいを感じることが出来る名歌だと思う。春夏秋冬の気候がはっきりと違う日本。春には桜が咲き、新しい生活が始まる。夏には網と虫かごを持った少年が走り、海には人が溢れかえる。秋には山が真っ赤に染まる紅葉。秋刀魚の塩焼きも食卓に並ぶ。冬になると、雪が積もり、クリスマスは街はイルミネーションで彩られる。このように思い出せば、その季節を感じさせる表情がそれぞれ存在する。

この歌はもっと**〈②生活〉**に密着した季節の習慣を感じさせてくれる。啄木の生活習慣の中では、毎年冬になると、**〈③寒さ〉**の中で湯を飲むのが定例となっていたのだろう。今年も湯を飲む季節が久々にやって来た事を、顔にやさしくかかる湯気から感じ取っているのだ。

この歌がそれのみに留まらない素晴らしい所は、湯呑みの中に熱い湯、そこにフウフウと息を吹きかけると、優しい湯気が溢れだす、その表現で読者に冬の朝の寒さと目を細める啄木の表情までが鮮明に伝わってくるからである。そればかりか、自分の顔が湯気に包まれているような錯覚さえ覚えさせてくれる。

名歌鑑賞
90

〔啄木成長〕

二晩おきに夜の一時頃に

出題：平山 陽

二晩《ふたばん》おきに
夜《よ》の一時頃《いちじころ》に〈①　　〉の坂《さか》を上《のぼ》りしも——
勤《つと》めなればかな。
（玩・15）

［意訳］ 二晩おきに夜の一時頃に〈①　　〉の坂を上るのも勤めのためだな——

［初出］『悲しき玩具』

［鑑賞］ この歌が作られた当時の啄木は、生活のために必死に働いていた。勤務は午後一時から午後六時までであったが、一夜②**〈一円・百円・千円〉**の残業代が出たことから、二晩おきで夜勤に就いていた。終了する午前一時には既に、京橋の朝日新聞社から上野広小路までの電車しか残っておらず、③**〈湯島天神・神田明神・明治神宮〉**脇の〈①　　〉の坂道を上がり弓町の自宅まで帰宅していた。その「勤めなればこそ」と頑張り通した啄木。かつて人に頼り、放蕩三昧をしていた彼の人間的成長が表れた歌である。

〔啄木成長〕 二晩おきに夜の一時頃に

90の解説：平山　陽

二晩《ふたばん》おきに／夜《よ》の一時頃《いちじころ》に〈①切通《きりどほし》〉の坂《さか》を上《のぼ》りしも――／勤《つと》めなればかな。（玩・15）

明治42年の妻・節子の家出騒動で、精神的な打撃を受けた啄木は以後、家族の生活を安定させるため、仕事に従事した。

朝日新聞の校正係として午後1時から午後6時までの勤務時間の他に、一夜〈②一円〉の残業代のために二晩おきの夜勤に就いた。午前1時に仕事が終わり、京橋の朝日新聞社を出る頃には、すでに上野広小路までの電車しか残っておらず、そこからは歩いて帰ることになった。

〈③湯島天神〉脇の切通坂をてくてくと上り、本郷三丁目を越えて弓町の自宅に戻る。真冬の深夜、寒さに耐えながら坂を上る啄木の姿が、鮮明に浮かんでくるようである。

他人を頼り、借金を繰り返し、手にしたお金で放蕩三昧であった啄木が人間的な成長をとげたことを痛いほど感じさせる歌だと言える。

二晩おきの辛い帰り道を「勤めなればかな」という言葉を強くかみしめて耐え抜いた啄木。生活のため、家族のためという働く父親像がそこにある。

そんな啄木の想いを伝えるかのように現在、切通坂には、この歌の歌碑が建てられている。

名歌鑑賞
91

〔明日夢想〕新しき明日の来るを

出題：大室　精一

新《あたら》しき明日《あす》の来《きた》るを信《しん》ずといふ
自分《じぶん》の言葉《ことば》に
〈①　　〉はなけれど――　（玩・29）

[意訳]　新しい明日が来るという自分の言葉を信じてはいるのだが……。

[初出]　『早稲田文学』明治44年1月号「手のよごれ」

[鑑賞]　右の歌中の「自分の言葉」は初出では②**〈「嘘の言葉」・「友の言葉」・「真の言葉」〉**であり、推敲によって全く異なる歌に変貌している。この時期の啄木の思想の背景には③**〈直訴事件・退学事件・大逆事件〉**の影響が色濃く認められ、評論④**〈「時代閉塞の現状」・「呼子と口笛」・「田園の思慕」〉**を執筆して警鐘を鳴らしている。表現の特色としては結句が印象深く、「家《いへ》を出《で》て五町《ちやう》ばかりは／用《よう》のある人《ひと》のごとくに／⑤**〈走ってみたれど・歩いてみたれど・止まってみたれど〉**」（玩・8）に続く「――」の用例と共に深い反問が感じられる。

〔明日夢想〕新しき明日の来るを

91の解説：大室精一

新《あたら》しき明日《あす》の来《きた》るを信《しん》ずといふ／自分《じぶん》の言葉《ことば》に／〈①嘘《うそ》〉はなけれど――（玩・29）

右の歌は、初出の『早稲田文学』明治44年1月号では、**「あたらしき明日《あす》の来《きた》るを信ずてふ／〈②「友の言葉」〉をかなしみて聞く」**であり、『悲しき玩具』では「友の言葉」が「自分の言葉」に改変されていることになる。すると両歌は「推敲」というよりも「別歌」と考えるべきなのだろうか。

この時期の啄木の思想の背景には**〈③大逆事件〉**の影響が認められ、**〈④「時代閉塞の現状」〉**を執筆して警鐘を鳴らしている。大逆事件の暗い世相を直視した啄木は、「新しき明日」の到来を希求していて、例えば郷里の友人畠山亨宛の書簡に「惟ふに我が日本に一大変革期の来る蓋《けだ》し遠からざるべきか。」（明治44年8月31日）と記していて、新しい日本国の未来像を思い描いていたことがわかる。

表記の面では、結句の「嘘はなけれど」に続く「――」の効果が絶妙で、理想と現実の離反に対する悲哀感が醸しだされている。結句の「――」の用例としては、**家《いへ》を出《で》て五町《ちやう》ばかりは／用《よう》のある人《ひと》のごとくに／〈⑤歩《ある》いて〉みたれど――**（玩・8）もあり、句読点（符号）を導入した手法が効果絶大である。

名歌鑑賞
92

〔新春淡夢〕何となく、今年はよい事

出題：大室 精一

何《なに》となく、
今年《ことし》はよい事《こと》あるごとし。
〈①　　〉の朝晴《あさは》れて風無《かぜな》し。（玩・38）

［意訳］何となく今年は良い事がありそうだ。今朝は日本晴れで風もない。

［初出］『創作』明治44年1月号「方角」

［鑑賞］この歌は②**〈柿本人麻呂・大伴家持・山上憶良〉**の万葉歌「新《あらた》しき年の始《はじめ》の初春《はつはる》の今日降る雪のいや重《し》け吉事《よごと》」と共に年賀状に多用されるが、実際の心情は「今年は」の「は」に象徴されるように苦悶の時期である。それは、この歌の数カ月後に詠まれた「この四五年《ねん》、／③**〈旅に出る・文を読む・空を仰ぐ〉**といふことが一度《ど》もなかりき。／かうもなるものか？・」（玩・79）の歌からも推測される。大逆事件の情報を友人の④**〈小沢恒一・平出修・小野弘吉〉**から入手し苦悶、⑤**〈菅野すが・土井八枝・夏目鏡子〉**の「針文字」も痛々しい。

〔新春淡夢〕何となく、今年はよい事

92の解説：大室 精一

何《なに》となく、／今年《ことし》はよい事《こと》あるごとし。／〈①元日《ぐわんじつ》〉の朝晴《あさは》れて風無《かぜな》し。（玩・38）

右の歌は〈②大伴家持〉の万葉巻末歌、**新《あらた》しき年の始《はじめ》の初春《はつはる》の今日降る雪のいや重《し》け吉事《よごと》**と共に年賀状に多用される歌として有名である。実際には両歌とも苦境の中で、新春に淡い祈りを込めての作歌と思われる。啄木は数カ月後に次の歌を詠んでいて、当時の心情が偲ばれる。

この四五年《ねん》、／③〈空《そら》を仰《あふ》ぐ〉といふことが一度《ど》もなかりき。／かうもなるものか？（玩・79）

ところで、啄木の心情に暗い影を落としたのは生活苦だけでなく、前年（明治43年）の明治天皇暗殺未遂計画をめぐる所謂「大逆事件」がある。大審院での一審即終審の非公開裁判は一人の証人喚問もなく結審、幸徳秋水以下12名の死刑を執行するという国家の犯罪であった。啄木は大逆事件の情報を弁護士の〈④平出修〉から入手して悲壮な決意で調査を開始する。

処刑者の一人〈⑤菅野すが〉には有名な「針文字」が残されていて生々しい記録になっている。「**何《なに》となく、／今年《ことし》はよい事《こと》あるごとし。**～」の歌の背後には、正月の淡い祈りの心情だけでなく、暗い世相に対しての啄木の嘆きの心情を汲み取るべきなのであろうか。

名歌鑑賞93

〔赤靴伝説〕名は何と言ひけむ。姓は

出題：平山　陽

名《な》は何《なん》と言《い》ひけむ。
姓《せい》は鈴《すず》木《き》なりき。
今《いま》はどうして〈①　〉にゐるらむ。（玩・84）

［意訳］名前はなんと言っただろうか。姓は鈴木だった。今は〈①　〉にいるのだろうか？

［初出］『コスモス』明治44年2月号「一二三行なれど」

［鑑賞］この歌で歌われている鈴木は②〈**小樽・函館・札幌**〉で啄木の同僚であった鈴木志郎という人物である。鈴木を語る時、童謡「赤い靴」に触れなくてはいけないと思う。鈴木の妻の前夫との間にできた娘こそが歌のモデル・岩崎きみ。その母・岩崎かよは鈴木と結婚する際、きみをアメリカ人宣教師の養女にする。娘を思う母の歌を作詩したのが、やはり同僚だった③〈**野口雨情・北原白秋・若山牧水**〉である。しかし真実は歌とは別にあった。その後の話は解説にて。

〔赤靴伝説〕名は何と言ひけむ。姓は

93の解説：平山　陽

名《な》は何《なん》と言《い》ひけむ。／姓《せい》は鈴木《すずき》なりき。／今《いま》はどうして〈①何処《どこ》〉にゐるらむ。（砂・84）

横浜の山下公園に有名な赤い靴の少女の像がある。言わずと知れた童謡「赤い靴」を基に建立されたものだが、啄木の詠んだ鈴木志郎の妻は、この歌のモデルになった岩崎きみの母親のかよであった。きみの戸籍には父親の名前はない。かよが鈴木と結婚する際、「きみちゃんも一緒に……」と言ったのだが、アメリカ人宣教師・ヒュレット夫妻の養女として貰われていった。

かよは生涯通して「娘のきみはアメリカで幸せに暮らしている」と思いながら昭和23年に亡くなった。しかし、きみは出港寸前に、重い小児結核のために麻布十番の永坂孤児院に預けられて三年後に亡くなってしまっていた。

啄木と鈴木には、〈②小樽〉の小樽日報に在籍時に〈③野口雨情〉も含め3人一緒に勤めていたという関係がある。啄木は釧路に移ってしまうが、雨情と鈴木の関係は深く、その後、かよから話を聞いた雨情が作詞をして、大ヒットすることとなる。

♪赤い靴　履いてた　女の子　異人さんに連れられて行っちゃった

名歌鑑賞
94

〔余命宣告〕そんならば生命が欲しく

出題：平山　陽

そんならば生命《いのち》が欲《ほ》しくないのかと、
医者《いしゃ》に言《い》はれて、
〈①　〉心《こころ》！　（玩・90）

［意訳］それなら、命が欲しくないのかと医者に言われ考えこんでしまう。

［初出］『文章世界』明治44年3月号「病院の夜」

［鑑賞］明治44年2月1日、啄木はかねてから病んでいた②〈腹・胸・咳〉の診断のために大学病院を訪れた。この時の様子は2月2日付の宮崎郁雨宛ての手紙に詳しく記されている。仕事をしながらの治療を求める啄木に対して、「そんなノンキな事を言つてゐたら、あなたの生命はたつた③〈五年・三年・一年〉です。」と医者に言われ、入院の決心をした。その心境を詠んだ歌である。しかし、啄木は医学的な知識不足と金銭的な問題から中途での退院を余儀なくされ、しっかりした治療を受けずに、この言葉通り〈③　〉後に没してしまう。

〔余命宣告〕 そんならば生命が欲しく

94の解説：平山　陽

そんならば生命《いのち》が欲《ほ》しくないのかと、／医者《いしや》に言《い》はれて、／〈①だまりし〉心《こころ》！（玩・90）

おほどかの心来《こころき》たれり／あるくにも／腹《はら》に力《ちから》のたまるがごとし（砂・89）

当初、こう歌に詠んだように気楽に考えていた〈②腹《はら》〉の膨らみが苦しくなり、啄木は明治44年2月に東京帝国大学病院医科大学・三浦内科の青柳医学士の診断を受ける。

この時の様子は同年2月2日付の宮崎郁雨宛の書簡に詳しく記されているが「痛くないんだから、仕事をしながら治療するといふやうな訳にいきませんか」という啄木に対し、医者は「そんなノンキな事を言つてゐたら、あなたの生命はたつた〈③一年〉です。」と断言する。書簡内で「君、僕はすぐ入院の決心をした。」と記している。

2月4日から3月15日の40日の間、同病院の青山内科十八号室にて入院生活を送ることになる。しかし、退院後、啄木の医学的知識不足と金銭的問題でしっかりした治療を受けなかったために症状は悪化。本当に約一年後の明治45年4月13日に肺結核のために亡くなってしまう。

病気に対して自己判断などをせず、医者に診せてしっかりとした治療を受けなくてはいけないと読者の皆様に伝えたい。

名歌鑑賞 95

〔食欲不振〕 あたらしきサラドの色の

出題：平山 陽

あたらしきサラドの色《いろ》の
〈①　　〉、
箸《はし》とりあげて見《み》は見《み》つれども――　（玩・126）

[意訳] 新しいサラドの色の〈①　　〉、箸でとりあげてはみたけれども――
[初出] 『新日本』明治44年7月号「やまひの後」
[鑑賞] サラドとはサラダのことである。明治44年7月の歌であるが、この時期の啄木は退院後、熱に悩まされ②〈**自宅療養・サナトリウム・通院治療**〉をしていた。

結局翌年に亡くなってしまうのであるが、病から③〈**食欲・物欲・性欲**〉も減退していたことが予測される。

その状況の中で目に鮮やかな色とりどりの野菜が食卓に並ぶことの〈①　　〉、箸でつまみあげてみるが、どうしても口には運べない。病からくる食欲不振を嘆く歌である。

〔食欲不振〕

あたらしきサラドの色の

95の解説：平山　陽

あたらしきサラドの色《いろ》の／■〈①うれしさに〉、／箸《はし》とりあげて見《み》は見《み》つれども――（玩・126）

明治44年の啄木は結核性の腹膜炎と肋膜炎のために一年通して〈②自宅療養〉を余儀なくされていた。体調面だけではなく、土岐哀果と共に進めていた雑誌「樹木と果実」の出版の挫折や、妻・節子や母・カツの体調不良なども重なり、精神的な疲労も計り知れない年であった。

絶望的な状況の中で、ふと食卓に並ぶ色とりどりの鮮やかなサラダに、心が洗われ新鮮な気持ちになる。嬉しくなりそっと箸で取り上げてはみるものの、病に蝕まれた身体は〈③食欲〉が湧かない。心と体のバランスが取れず、取り上げた野菜をそのまま皿に戻すことしか出来ない啄木の悲しさがひしひしと伝わるような歌だ。

啄木には以前、同じようにサラドを詠った次の歌がある

新《あたら》しきサラドの皿《さら》の／酢《す》のかをり／こころに沁《し》みてかなしき夕《ゆふべ》（砂・465）

明治43年7月に作歌されているので丁度一年ほど前に作られた歌であるが、意味合いが全く違う。この時は酢の香りが心に沁みるようにサラドの皿と向かい合っている。どちらかと言えばお洒落な空間を演出するかのように。似た歌でも明と暗がはっきりと分かれた二首だと言える。

名歌鑑賞
96

〔心身疲弊〕 起きてみて、また直ぐ寝たく

出題：平山　陽

起《お》きてみて、
また直《す》ぐ寝《ね》たくなる時《とき》の
力《ちから》なき〈①〉に愛《め》でしチユリツプ！　（玩・138）

［意訳］　目覚めても、まだ眠い朝に力なき〈①〉で見るチューリップよ。

［初出］　『新日本』明治44年7月号「やまひの後」

［鑑賞］　『悲しき玩具』の中には病床で詠んだ歌が多数あるが、この歌もその中の一首である。啄木の明治44年4月27日の日記には「夜にせつ子がチユリツプとフレヂヤの花を買つて来た。」という記述があるが、この前日までの日記には②〈飢餓・病気・困窮〉の恐怖や「一生免れることの出来ないやうな③〈悲しみ・苦しみ・喜び〉」など精神的な不安も書いている。心身ともに疲弊しきった朝、薄らと開いた〈①〉に映る鮮やかなチューリップにささやかな幸せとせつなさを感じている啄木の心情が余りにもつらい。

〔心身疲弊〕 起きてみて、また直ぐ寝たく

96の解説：平山　陽

起《お》きてみて、／また直《す》ぐ寝《ね》たくなる時《とき》の／■力《ちから》なき〈①眼《め》〉に愛《め》でしチユリップ！（玩・138）

『悲しき玩具』には啄木が病床で詠んだ歌が数多くおさめられている。この歌もその中の一つである。

明治44年4月27日の日記には「夜にせつ子がチユリツプとフレジヤの花を買つて来た。」という記述がある。この当日の日記には、「頭の中に大きな問題が一つある。」と心境を吐露し、25日の日記にも「予の前にはもう〈②飢餓〉の恐怖が迫りつ、ある！」、26日の日記の島崎藤村『犠牲』を読んだ感想ではあるが「一生免れることの出来ないやうな〈③悲しみ〉」などと書かれており、心身共に疲弊していることが伺える。病苦と困窮からくる精神的な疲れの中で、眠りから微かに戻った意識。力なく目をあけると妻が買ってきた鮮やかな色のチューリップが目に映る。ただそれだけの事であっても、当時の啄木にはたまらなく優しく、愛おしく見えたのだろう。

この歌の切なさはこんなバックボーンがあるからだろうと思う。しかし、反面では薄らと開いた目に日常の幸せが飛び込んでくるという幸せな解釈もできる二面性がある歌である。

名歌鑑賞
97

〔親子深淵〕その親にも、親の親にも

出題：大室　精一

その親《おや》にも、
親《おや》の親《おや》にも〈①　〉なかれ――
かく汝《な》が父《ちち》は思《おも》へるぞ、子《こ》よ。
（玩・157）

［意訳］　決して親にも、親の親にも似てはいけないと父は思っているのだよ、我が子よ。

［初出］　『文章世界』明治44年7月号「五歳の子」

［鑑賞］　神童と呼ばれた天才歌人も日常生活においては波乱万丈の人生であった。特に父親の②〈徳英・一禎・芳筍〉が宝徳寺の住職を罷免されてからは生活苦も重なり、妻や母だけでなく、長女の③〈房江・光子・京子〉にも苦労をかけ続けたと思われる。親としての不甲斐なさと我が子への愛着が感じられる歌である。歌で呼びかけている長女の名前は、生涯にわたる大恩人である④〈金田一京助・宮崎郁雨・新渡戸仙岳〉に由来している。そして嘆きの対象者である啄木父子の歌碑は⑤〈盛岡・高知・函館〉の駅前に建立されている。

〔親子深淵〕 その親にも、親の親にも

97の解説：大室精一

その親《おや》にも、／■親《おや》の親《おや》にも〈①似《に》る〉なかれ――／かく汝《な》が父《ちち》は思《おも》へるぞ、子《こ》よ。（玩・157）

我が子に向かって、親にも、親の親にも似てはいけないと語りかける心情は余りにも空しい。その親とはもちろん啄木自身であり、親の親は〈②一禎〉を指している。一禎が宝徳寺の住職を罷免されてから、啄木の家族は一家離散し困窮生活が続く。その悲惨な状況においても、啄木は家族を犠牲にしながら、文学への夢を追い求め何度も挫折を繰り返すことになる。右の歌は、我が子に対する親としての、その憐憫の心情なのだろうか。

なお選択肢中の徳英と芳筍は、宝徳寺の住職騒動に深い因縁を持つ遊座氏である。右の歌で啄木が語りかけたのは長女の〈③京子〉であり、その名前は〈④金田一京助〉に由来している。

選択肢中の房江は啄木の没後に房総で生まれた次女であり、光子は啄木の妹である。宮崎郁雨は啄木を支え続けた親友であり、新渡戸仙岳は恩師である。

ところで啄木の父一禎は、昭和2年に78歳で死去しているが、父子の歌碑は〈⑤高知〉の駅前に建立されていて、次の歌が刻まれている。

よく怒《いか》る人《ひと》にてありしわが父《ちち》の／日《ひ》ごろ怒《いか》らず／怒《いか》れと思《おも》ふ（砂・490）

名歌鑑賞 98

〈絶筆短歌〉 呼吸すれば、胸の中にて

出題：大室 精一

呼吸《いき》すれば、
胸《むね》の中《なか》にて鳴《な》る音《おと》あり。
〈① 〉よりもさびしきその音《おと》！（玩・1）

【意訳】息をするたびに胸の中で鳴る音がする。その寂しく悲しい音よ。

【初出】『悲しき玩具』

【鑑賞】この歌は②**〈「眼閉づれど・眼開けど・眼そらせど」〉**／心《こころ》にうかぶ何《なに》もなし。／■さびしくもまた眼《め》をあけるかな」（玩・2）の歌と並んで③**〈紅鶯の歌・黒鳥の歌・白鳥の歌〉**と呼ばれていて、啄木最晩年の作である。

啄木の遺稿ノートにはこの二首は記されていないが編集時に巻頭に配列されている。遺稿ノートには④**〈「悲しき玩具」・「続・一握の砂」・「一握の砂以後」〉**と記されていて、⑤**〈北原白秋・土岐哀果・野口雨情〉**の編集により『悲しき玩具』と命名されている。

〔絶筆短歌〕呼吸すれば、胸の中にて

98の解説：大室精一

呼吸《いき》すれば、／胸《むね》の中《なか》にて鳴《な》る音《おと》あり。／■〈①凩《こがらし》〉よりもさびしきその音《おと》！（玩・1）

右の歌は、

〈②眼閉《めと》づれど〉／心《こころ》にうかぶ何《なに》もなし。／■さびしくもまた眼《め》をあけるかな」（玩・2）

の歌と共に啄木末期の作、つまり〈③白鳥の歌〉と呼ばれていて、啄木の遺稿ノート〈④「一握の砂以後」〉には実は含まれていない。

その遺稿ノートを元に〈⑤土岐哀果〉が編集をして『悲しき玩具』は誕生することになる。その経緯は、哀果が『悲しき玩具』の巻末に「石川は遂に死んだ。それは明治四十五年四月十三日の午前九時三十分であつた。その四五日前のことである。金がもう無い、歌集を出すやうにしてくれ、とのことであつた。で、すぐさま東雲堂へ行つて、やつと話がまとまつた。

――中略――

これに収めたのは、大てい雑誌や新聞に掲げたものである。しかし、こゝにはすべて「陰気」なノートに依つた。順序、句読、行の立て方、字を下げるところ、すべてノートのままである。たゞ最初の二首は、その後帋片に書いてあつたのを発見したから、それを入れたのである。」と記している。

この二首の肉筆原稿を用いた歌碑が、現在啄木終焉の地（文京区小石川）に建立されている。

名歌鑑賞 99

〔歌人誕生〕

血に染めし歌をわが世の

出題：大室 精一

血に染めし歌をわが世のなごりにて〈①　　〉ここに野にさけぶ秋

〔意訳〕 血に染めた歌を現世への名残として彷徨い、秋の野に叫ぶのだ。

〔初出〕 『明星』第3巻第5号（明治35年10月号）「詩燈」

〔鑑賞〕 右の歌は②**〈東京新詩社・あさ香社・硯友社〉**の機関紙『明星』に初めて掲載された啄木歌として有名である。もちろん当時のペンネームは石川啄木ではなく③**〈石川翠江・石川麦羊子・石川白蘋〉**であったが、与謝野晶子に心酔していた啄木の〔歌人誕生〕を告げる一首となった。

その後、盛岡中学校を④**〈留年・退学・卒業〉**した啄木は無謀にも文学で身を立てようとして上京するが、厳しい現実が待ち受けていた。そして与謝野鉄幹から詩作を薦められた啄木は、絢爛たる技巧を含む文語定型詩77編をまとめた処女詩集の⑤**〈『ふるさと』・『あこがれ』・『はつこひ』〉**でまず詩人として華々しいデビューを飾ることになる。

〔歌人誕生〕

血に染めし歌をわが世の

99の解説：大室精一

血に染めし歌をわが世のなごりにて〈①さすらひ〉ここに野にさけぶ秋

右の歌は〈②東京新詩社〉の機関誌『明星』（第3巻第5号）に初めて掲載された啄木の歌として有名であり、〈③石川白蘋〉のペンネームで発表されている。啄木が盛岡中学の五年生になった満16歳、明治35年10月のことである。『明星』の第一号には「中学生諸君の、文章、和歌、新体詩、俳句、絵画、筆跡等の投稿を選抜して掲載す」と記されていて、与謝野晶子の影響を強く受けていた啄木にとって『明星』への登場は憧れの夢舞台であったと思われる。

実はこの時、啄木はすでに学業への意欲を失っていて、五年次への進級の成績は119名中の82番であり、四年次の学期末試験と五年次の一学期末試験でのカンニングが発覚して譴責処分を受けている。落第必死となった啄木は「家事上の都合」名目で〈④退学〉願いを提出する。そして、「**血に染めし〜**」の歌が『明星』に掲載されたタイミングに合わせて、啄木は無謀にも歌人としてのデビューに挑戦することになる。

しかし短歌では晶子の模倣から脱却できず、鉄幹の勧めもあり詩作に没頭した結果〈⑤『**あこがれ**』〉で華々しくデビューしている。

名歌鑑賞 100

（田中正造）夕川に葦は枯れたり

出題：大室 精一

夕川に葦は枯れたり血にまどふ〈①　　〉など悲しきや

［意訳］夕川の葦は枯れ、血を流して途方にくれる民衆の叫びの悲しさよ。
［初出］「白羊会歌会草稿」明治35年（鉱毒）
［鑑賞］右の歌は②**〈佐渡金山・足尾銅山・筑豊炭田〉**の鉱毒により甚大な被害を受けた農民を守ろうと、明治天皇への③**〈直訴・抗議・反逆〉**に踏み切った田中正造の行動に感激した啄木が詠んだ歌である。初出に白羊会とあるが、これは盛岡中学で啄木が中心になって結成した短歌のグループを指している。田中正造が天皇に届けようとした文面は④**〈徳富蘇峰・北村透谷・幸徳秋水〉**が書いたとされているので、啄木は後に大逆事件でも深く関わることになる。
⑤**〈佐野・西新井・川崎〉**の厄除け大師にある田中正造墓碑前には、啄木生誕百年の記念碑が建立されていて、右の歌の由来が詳細に紹介されている。

〔田中正造〕夕川に葦は枯れたり

100の解説：大室 精一

夕川に葦は枯れたり血にまどふ〈①民の叫びの〉など悲しきや（鉱毒）

右の歌は「白羊会歌会草稿」（明治35年中―推定）20首中の冒頭歌で、（鉱毒）の題詠であり、〈②足尾銅山〉の鉱毒被害に憤慨した田中正造が明治天皇に〈③直訴〉したことに啄木が感銘して詠んだことがわかる。啄木はユニオン会の仲間と共に、青森第五連隊の「八甲田山雪中行軍遭難事件」（明治35年1月）を記載した「岩手日報」号外を街頭で販売し、その収益を鉱毒被災民に寄付しているからである。直訴状の文面は、後に啄木の思想に多大な影響を与える〈④幸徳秋水〉が執筆しているのも不思議な因縁を感じる。

栃木の〈⑤佐野〉厄除け大師の田中正造墓碑には、その経緯が、「近代日本の先駆者田中正造翁は　明治三十四年十二月十日第十五議会開院式から帰る途中の明治天皇に足尾銅山鉱毒被害による渡良瀬沿岸農民の窮状を直訴する　当時盛岡中学三年在学中の啄木はこの感動を三十一文字に托した　奇しくもこの年創立された県立佐野中学校（第四中学）の生徒達にも鉱毒の惨状は強い衝撃を与え作文その他に残されている」と、記されている。

名歌鑑賞
101

〔日韓併合〕 地図の上朝鮮国に

出題：佐藤　勝

地図の上朝鮮国《てうせんこく》にくろぐろと〈①　〉をぬりつゝ秋風を聴く

[意訳]　地図の上にある朝鮮国の部分に黒く墨を塗りながら悲しんでいる。

[初出]　雑誌『創作』第1巻8号（明治43年10月短歌号）「九月の夜の不平」

[鑑賞]　この歌は啄木の二冊の歌集には収められない歌であるが、多くの人に論じられ、また、ひそかに愛唱されている歌である。何故、歌集に収められなかったのか真意のほどは歌集を編んだ啄木のみぞ知るであるが、初出は②**〈東雲堂書店・岩波書店・新潮社〉**発行で③**〈北原白秋・若山牧水・斎藤茂吉〉**が編集責任であった雑誌『創作』明治43年10月短歌号である。④**〈日本国・韓国・朝鮮国〉**は、この年の8月29日の「官報」に「韓国併合詔書」を載せた。この時、自分の国を失った朝鮮の人々の気持ちを思いながら、東京朝日新聞社の校正係の机の上で、東アジア圏の⑤**〈漢詩・地図・楽譜〉**を広げて朝鮮国の部分に黒い墨を塗っていたのである。心のうちで泣きながら。

〔日韓併合〕

地図の上朝鮮国に

101の解説：佐藤 勝

地図の上朝鮮国《てうせんこく》にくろぐろと〈①墨《すみ》〉をぬりつゝ秋風を聴く

本歌は〈②東雲堂書店〉発行で〈③若山牧水〉が編集責任であった雑誌『創作』（明治43年10月短歌号・第1巻8号）に「九月の夜の不平」と題して発表された34首の最終から5番目に配列。その後に「**誰《た》そ我にピストルにても撃《う》てよかし伊藤の如く死にて見せなむ**」（63項参照）を、最終には「**明治四十三年の秋わが心ことに真面目になりて悲しも**」が載っている。だが、なぜ歌集に収めなかったのかはわからない。明治43年8月29日発行の〈④日本国〉「官報」は「韓国併合詔書」を載せている。啄木は自分の国を失った朝鮮の人々の気持ちを思い、東アジア圏の〈⑤地図〉を広げて朝鮮国の部分に墨を塗った。この歌が作られたのは「歌稿ノート」の日付によって同年9月9日であることがわかる。歌集『一握の砂』では「我を愛する歌」の最終から2番目に「誰そ我に」の歌があり、さらに最終には次の歌がある。

やとばかり／桂首相《かつらしゆしやう》に手《て》とられし夢《ゆめ》みて覚《さ》めぬ／秋《あき》の夜《よ》の二時《にじ》（砂・151）

これら一連の歌は、桂内閣が言論統制を強めていた時期であることなども鑑みて読むことで、本歌の意味の深さと啄木の国際的な見識の高さを知ることができる。

【啄木を知るためのお薦め文庫本】

佐藤　勝編

はじめに

ここに推薦する13冊の文庫本は、湘南啄木文庫が所有する約200冊ほどの「啄木図書」（文庫本のみ）の中から、平成30年現在、一部を除き書店で購入可能なものを中心に、誰が読んでも啄木を理解できるような内容（特に解説に重きを置いて）の本を選んだが、書店で取り寄せ出来ないものは、ネット通販（アマゾンなど）を利用すると入手できるものとして選びました。また、他の文学者の作品と一緒に啄木作品が収められた文庫本まで広げると数百冊の量になるので、ここでは単独の「啄木図書」のみを対象としました。

◎桑原武夫編訳『啄木・ローマ字日記』岩波文庫（解説：桑原武夫）岩波書店　S52・9

◎久保田正文編『新編啄木歌集』岩波文庫（解説：久保田正文）岩波書店　H5・5

◎石川啄木著『あこがれ　石川啄木詩集』角川文庫（解説：俵万智）角川書店　H11・1

◎寺山修司著『啄木を読む　思想への望郷　文学編』ハルキ文庫（解説：小林恭二）角川春樹事務所　H12・4

◎関川夏央（作）谷口ジロー（画）共著『かの蒼空《あおぞら》に』〈坊ちゃんの時代第三部〉双葉文庫
双葉社　H14・12

◎金田一京助編『新編　石川啄木』講談社文芸文庫（解説：齋藤慎爾）講談社　H15・3

◎講談社編『石川啄木歌文集』講談社文芸文庫（解説：樋口覚）講談社　H15・4

◎山本玲子著『新編　拝啓　啄木さま』改訂版文庫本　熊谷印刷出版部　H19・11

◎石川啄木著『石川啄木』〈ちくま日本文学33〉（解説：関川夏央）筑摩書房　H21・3

◎石川啄木著『雲は天才である』講談社文芸文庫（解説：関川夏央）講談社　H29・6

◎石川啄木著・近藤典彦編著『一握の砂』（解説ほか：近藤典彦）桜出版　H29・10

◎石川啄木著・近藤典彦編『悲しき玩具』（解説ほか：近藤典彦）桜出版　H29・11

◎松田十刻著『26年2か月　啄木の生涯』〈もりおか文庫〉盛岡出版コミュニティー　H28・10

※記載の凡例

・著編者名は頭書に記し『　』内に書名、文庫名（例：岩波文庫）、発行所名、発行年月〈年は元号の頭文字をローマ字（昭和・S／平成・H）〉で記した。

【石川啄木（本名 一《はじめ》）略年譜】（年齢は満年齢）

佐藤 勝 編

明治一九年（一八八六）０歳
二月二〇日、岩手県南岩手郡日戸村（現在盛岡市日戸）の常光寺に生れる。
父は住職の一禎、母はカツ。

明治二〇年（一八八七）１歳
渋民村（現在盛岡市渋民）の宝徳寺へ転住。

明治二四年（一八九一）５歳
渋民尋常小学校に入学。（神童と呼ばれた）

明治二八年（一八九五）９歳
盛岡高等小学校に入学。伯父や伯母の家、長姉サダの婚家に寄寓。

明治三一年（一八九八）12歳
岩手県盛岡尋常中学校に入学。入試の成績は一二八名中一〇番。上級生に金田一京助や野村胡堂（作家）などがいた。

明治三二年（一八九九）13歳
級友と蒟蒻版摺の回覧誌『丁二会』を発行。この頃に初恋の人で後に妻となる堀合節子を知る。

明治三三年（一九〇〇）14歳

英語力の補強に「ユニオン会」を結成。

明治三五年（一九〇二）16歳

十月、『明星』（五号）に「血に染めし歌をわが世のなごりにてさすらひここに野にさけぶ秋」を「白蘋」の雅号にて掲載。同月、盛岡中学校を退学。十一月上京。

明治三六年（一九〇三）17歳

二月、東京生活に行きづまって帰郷。『明星』十二月号に初めて「啄木」の名で長詩「愁調」を発表。

明治三七年（一九〇四）18歳

二月、姉サダの労で堀合節子と結納を交す。三月『岩手日報』に「戦雲余録」連載。

十月、詩集出版の目的で上京。知人、友人の止宿先などを転々とする。

明治三八年（一九〇五）19歳

一月、父一禎が宗費百十三円余の滞納で曹洞宗宗務局より住職罷免の処分。母と妹を連れて三月に盛岡へ移住。詩集『あこがれ』を小田島書房より刊行したが無収入で節子との結婚式も欠席する。

明治三九年（一九〇六）20歳

四月より渋民尋常高等小学校の代用教員となる。小説『雲は天才である』『面影』を執筆（生前は未発表）。小説『葬列』を雑誌『明星』十二月号に発表。十二月、長女京子が誕生。

明治四〇年（一九〇七）21歳

五月四日「石をもて追はるるごとく」渋民を出て北海道へ渡り、函館区弥生尋常小学校の代用教員・函館日日新聞の遊軍記者となるが八月の函館大火により職を失い、札幌の北門新報、小樽日報記者などとして転々とする。

明治四一年（一九〇八）22歳

一月、釧路新聞社に勤務したが三月には離釧を決意。妻子と母を函館の友人宮崎郁雨に託して上京。東京本郷の「赤心館」に金田一京助と同宿。小説「菊池君」「病院の窓」など六篇を書き森鷗外に出版社の紹介を依頼したが効なく、厳しい現実と焦燥の中に歌興湧き、一夜に「東海の小島」の歌など一四一首を作る。九月に金田一と共に下宿を「蓋平館別荘」に移る。十一月、小説「鳥影」を東京毎日新聞に連載。雑誌『明星』は百号で終刊した。

明治四二年（一九〇九）23歳

二月、盛岡中学の先輩佐藤編集長の好意で東京朝日新聞社に校正係として採用。六月、妻子と母の上京で本郷弓町の「喜之床」二階に移る。十月に起きた節子の家出事件は啄木の精神的打撃となった。「ローマ字日記」はこの年の四月から六月に記された。

明治四三年（一九一〇）24歳

四月、歌集ノート『仕事の後』を作る。六月、「幸徳秋水事件」が報じられ、評論「所謂今度の事」や「時代閉塞の現状」を執筆（生前未発表）。九月、「東京朝日歌壇」選者に抜擢。十月、長男の真一が誕生するも、わずか二十四日のはかない命だった。十二月、歌集『一握の砂』を東雲堂書店より刊行。

明治四四年（一九一一）25歳

二月、体調不良を感じ診察の結果入院。退院後も自宅療養が続き家主より移転を迫られ、母と妻の確執にも悩む。六月、節子とのトラブルが原因で堀合家と義絶。八月、小石川区久堅町（現在文京区小石川）へ転居。九月、親友の宮崎郁雨と絶交。原因は郁雨をめぐる節子とのトラブルであった。

明治四五年（一九一二）26歳

一月、友人岩崎正宛年賀状に「今も猶やまひ癒えずに告げてやる文さへ書かず　深きかなしみに」（注）と記す。三月、母カツ死亡。四月十三日、友人の若山牧水や妻節子と父一禎に看取られ永眠。死因は肺結核。葬儀は浅草の等光寺で営まれ、夏目漱石、北原白秋、佐佐木信綱など五十余名が参列した。

死後、第二歌集『悲しき玩具』東雲堂書店より刊行。節子は六月に次女房江を出産。

翌年五月五日函館にて死去。死因は啄木と同じ肺結核であった。

(注)

私の担当した「啄木略年譜」の中で明治45年1月に岩崎正宛の年賀状に記された啄木の歌「今も猶やまひ癒えずに告げてやる文さへ書かず深きかなしみに」は、筑摩書房版『石川啄木全集　第七巻　書簡』では「今も猶やまひ癒えずと告げてやる…」と記されており「癒えずに」は間違いなのではないかという読者もあるかと思われますので説明します。

この歌は従来「癒えずと…」と記されてきましたが、平成22年10月17日付け北海道新聞の記事に岩崎正宛の年賀状(函館市立図書館所蔵)の文面の写真が掲載されました。その写真で「癒えずに…」と書かれた文字がはっきりと判読でき、全集の誤記を確認することができました。北畠立朴氏より指摘をうけ､平成22年11月25日発行の雑誌「短歌」12月号(角川書店)の「通巻750号記念　総力特集『一握の砂』刊行100年　はじめての石川啄木」という特集号の年譜を担当した私は、「岩崎正宛の年賀状の歌」と明記して正確な歌を記しました。しかし、全集には同日付の藤田武治宛の年賀状として同じ歌が記されています。したがって、藤田宛の賀状には全集に掲載された歌が記されていたのかも知れません。ところが、この藤田武治宛の年賀状は現在、その所在先が不明であるために確認することはできません。また、筑摩書房版の全集発行後にも十数点の書簡などが新しく発見されていることや、日記、書簡、その他のものにも明らかに誤植であることが判明しているものが多くあります。こういう現状を踏まえ『石川啄木全集』の改訂版の発行を切望するものです。

〈付記〉

※誕生日は明治一八年十月二七日説もある。

※本年譜は池田功、岩城之徳、木股知史、昆　豊、望月善次、各氏の著作を参考として作成した。

あとがき　～大室先生と平山さんと私のこと～

佐藤　勝

本書に於ける執筆担当は自分が書きたい項目を三人が持ち寄って決めたが、その時は原稿の締め切りを昨年の七月末日としていた。しかしそれは私にとっての大きな誤算となった。なぜこんなに時間を要してしまうのかと自分を疑うほどの遅さに私自身も戸惑ってしまった。この本の発案者である大室先生は、さぞかし焦りを抑えてきたことと思い、先ずはお詫びを申し上げたい。

思えば大室先生と出会って二十年近くなるが、その出会いは国際啄木学会の東京支部会であった。最初の印象は「啄木に似た人」であった。そのことは、ご本人が自己紹介で話したことだが、学生時代に岩城之徳先生から「君は啄木に似ている」と言われていたとのことだった。その前後に「忘れがたき人人　二」について研究発表をされた時の質疑応答の中で、特に近藤典彦先生との一問一答の応答の時の印象が今も私の記憶に強くインプットされている。その印象は一昨年の刊行の大著『『一握の砂』『悲しき玩具』編集による表現』（おうふう）へとつながるのである。大室先生の師でもある岩城之徳先生が「啄木という文学者は人と人の心をつなぐ不思議な文学者」だと話されたことがありましたが、まさに大室先生と私の出会いも啄木によって生まれたのです。

　啄木研究の面でのご活躍のほかに本業である万葉集の研究、そして推理小説作家、内田康夫の傑作「浅見光彦シリーズ」のファンであることなど多彩な趣味も含めてその人間性の幅広さと二十六歳以降の啄木の姿を重ねて異色の啄木研究者として私は親しみを感じてきたのです。

　若い平山さんは私のように高齢なものからでも話しかければ躊躇なく喜んで啄木の話しに参加して一緒に楽しんでおられる姿は、どこか啄木本人に似てるような錯覚を起こさせるのです。本書の企画にも喜んで参加していただきました。平山さんとの出会いも啄木が縁でした。七年ほど前に啄木の生涯を描いた舞台劇「われ泣きぬれて」が「方の会」によって銀座の「みゆき館」で上演された時に台本の作者として自己紹介をされたのが初めての出会いでした。その時に平山さんもどこか「啄木に似てる人だ」と感じましたが、この思いは的中で、平山さんは「啄木大好き人間」だったのです。本職はテレビのプロデューサーですが、次々と各所で上演される小劇団の脚本を書きながらネットでその活躍を伝えている姿などは現代を生きる啄木を思わせるのです。また手慰めのように詠んだ短歌もネットに載せている。私はこの歌を読むのが好きで、時々は思いつきのコメントも書き込みますが、それらの活躍は明治の石川啄木が今日に帰って来て、楽しんでいるような錯覚を起こさせる雰囲気を持った青年なのです。

二人のことについて少し書き過ぎましたが、私自身のことは本書の前に桜出版より刊行された『続 石川啄木文献書誌集大成』の「編集後記」に詳しく書きましたのでここでは省略します。とにかく仲間に入れて下さったお二人には心から感謝したい。そして桜出版の山田武秋氏と高田久美子氏にも感謝いたします。

あとがき　～啄木というエンターテインメント～

平山　陽

「即入院して下さい」

「いや、仕事があります」

「貴方、三日遅かったら死んでましたよ！」

「え？」

これは啄木と医者との間で交わされた会話ではなく、私が不摂生からひどい肺炎を患い病院に運ばれた際に医者に言われた言葉である。

結局、即入院となり半月あまり病院の住人となったのであるが、その間に同じ状況を遥か昔に体験したような、変な気持ちが芽生え始めた。

やっと気付いたのは『悲しき玩具』という歌集を中学か高校の頃に読んだことがあるということ。

肺を病んだ啄木と、肺を病んだ自分が重なり、退院後に啄木の『一握の砂』『悲しき玩具』を改めて読んだ。それだけに収まらず『石川啄木全集』（筑摩書房）を購入し、日記、書簡も読破してしまった。

一つ気付いたのは《石川啄木》という存在は教科書の中の古びた題材ではなく、エンターテインメントとして成立しているということだ。

まず、ドキュメンタリーとして人生がある。並みの人間にはないドラマが詰まった人生。その人生を深く探るガイドブックのように、日記や書簡が存在する。人生の瞬間を切り取った短歌を読むことで、より肌身に啄木を感じることが出来る。数々の研究書は謎めいた部分を解析する攻略本のような役割を果たしてくれ、どんどん啄木ワールドに引きずり込まれてしまう。言い方を変えて若い読者に魅力を伝えるならば、日記はブログであり、書簡はメール、歌はツイッターであると思えば啄木が100年早い現代人だということが分かるはずだ。

こうして遅咲きの啄木愛好家になると、不思議な物で、舞台で啄木をやりたいから脚本を書いてほしいというお話をいただいた。二〇一五年末の『われ泣きぬれて～石川啄木～』だ。その後も啄木関連の脚本を書く機会に恵まれ、二〇一九年五月には五作目となる新作『節子～愛の永遠性を信じたく候～』も好評のうちに上演ができた。この度はその芝居を通してご縁をいただいた佐藤勝、大室精一両先生と共に啄木書籍を執筆するチャンスに恵まれたことを非常に嬉しく思っている。
少しでも啄木ワールドの魅力が読者に伝われば本望である！

【全歌索引】（50音順）※啄木以外の短歌には（作者名）を付した。

〈あ〉

〈き〉

〈く〉

〈こ〉

〈た〉

〈ち〉

〈と〉

〈な〉

〈ろ〉

〈わ〉

〈俳句〉

【著者略歴】

大室 精一（おおむろ　せいいち）

一九五一年埼玉県生まれ。専攻は万葉集・石川啄木。一九七五年日本大学文理学部国文学科卒業、一九八〇年日本大学大学院文学研究科国文学専攻博士後期課程単位取得満期退学。同年埼玉県立毛呂山高等学校に勤務、一九八八年埼玉県立小川高等学校（定時制）に勤務。一九九三年佐野短期大学（現・佐野日本大学短期大学）に勤務、二〇一五年定年退職し現在は授業のみ担当。

　論文デビューは「三巻本枕草子重出章段考」、これは演習授業での発表内容を「岸上慎二先生古稀記念論文集」（日大『語文』）に報告したもの。大学・大学院での九年間は万葉集を学び、上代文学会に半世紀近く所属。その関係で『高市黒人―注釈と研究―』（新典社）、『万葉集歌人事典』（雄山閣）、『万葉集　研究入門ハンドブック』（雄山閣）、『萬葉集論攷Ⅰ』（笠間書院）、『万葉の発想』（桜楓社）、『萬葉の課題』（翰林書房）、『万葉集相聞の世界　恋ひて死ぬとも』（雄山閣）などに執筆。但し、最近は啄木オンリー（馬鹿）になりつつある。

　その啄木関連では、『『一握の砂』『悲しき玩具』―編集による表現―』（おうふう）の他に、『石川啄木事典』（おうふう）、『論集　石川啄木Ⅱ』（おうふう）などに執筆。

　また、本書『クイズで楽しむ啄木101』（桜出版・大室精一・佐藤勝・平山陽共著）の姉妹篇として『啄木そっくりさん』（桜出版）などの入門書がある。今後の夢は、上記の啄木入門書2冊を携え、啄木ゆかりの地を吟遊詩人のように行脚したいと考えているところです。

佐藤　勝（さとう　まさる）

一九四二年、福島県で生まれる。神奈川県福祉部に勤務。湘南啄木文庫主宰。

現住所　〒二五七-〇〇二三　神奈川県秦野市南が丘二-二一-六-一〇二

〈著　書〉

『啄木の肖像』（武蔵野書房　二〇〇二年）、『資料石川啄木―啄木の歌と我が歌と』（武蔵野書房一九九二年）、『石川啄木文献書誌集大成』（武蔵野

書房 一九九九年)、『続 石川啄木文献書誌集大成』(桜出版 二〇一八年一二月八日発行)

〈共 著〉

『啄木歌集 カラーアルバム』(芳賀書店 一九九八年)、『路傍の草花に 石川啄木詩歌集』(嵯峨野書院 一九九八年)、『石川啄木事典』(おうふう 二〇〇一年)、『別冊太陽 日本のこころ195 石川啄木』(平凡社 二〇一二年)ほか多数。

平山 陽(ひらやま あきら)

一九七四年、茨城県生まれ。映像制作会社㈲I&Iファクトリー代表。TVディレクター、プロデューサー、舞台作家。

〈最近の関連TV番組〉

「じゅん散歩」(テレビ朝日)、「グッドモーニング」(テレビ朝日)、「爆報THEフライデー」(TBS)

〈舞台脚本〉

「戸野広浩司外伝 トノ何がしたいんだ?」(水色革命 二〇〇九年)、「純喫茶せつな」(水色革命 二〇一〇年)、「われ泣きぬれて~石川啄木~」(方の会 二〇一五年)、「散り往く雪~京助と幸恵」(方の会 二〇一六年)、「はかなくもまた、かなしくも~古びたる鞄をあけて我が友は~」(方の会 二〇一七年)、「飛行機の高く飛べるを。」(コルバタ 二〇一八年)、「節子~愛の永遠性を信じたく候~」(方の会 二〇一九年)。ほかに朗読劇作品など多数。

著者近影(左から)大室精一、佐藤 勝、平山 陽

クイズで楽しむ啄木《たくぼく》101

令和元年（2019）7月7日　第1版第1刷発行

著　者　大室　精一
佐藤　　勝
平山　　陽

切　絵　後藤伸行（『石川啄木の世界』より）
装　幀　高田久美子
発行人　山田武秋
発行者　桜　出　版
岩手県紫波町犬吠森字境122番地
〒028-3312
Tel.（019）613-2349
Fax.（019）613-2369

印刷所　モリモト印刷株式会社

ISBN978-4-903156-27-9　C0095